冰川真白
MASHIRO HIKAWA ----!!
本來是被學生們稱為「雪姬」，令人聞風喪膽的魔鬼教師——其實是個有點迷糊的宅女。正在和學生拓也偷偷交往中。
U0045673
歡、歡迎肥來！學人！
冰川老師想交個宅宅男友
第三堂課
schedule
冰川老師
化身貓耳女僕

schedule
老師能做幾次
核心訓練？
好痠好痠好痠！
我、我的肚子
好痠啊！

這、這沒什麼吧，大家都會做啊。
夏希陽菜
HINA NATSUKI---------- !!
青春貌美、成績優異，是學校的風雲人物。其實是人氣輕小說作家瑪基娜．茵菲魯諾．赫爾布拉德老師。

歡迎回來，主人
快來裡面坐坐呀喵
小櫻木乃葉
拓也的童年玩伴＆學妹。不是阿宅，興趣是捉弄拓也。是知道冰川老師和拓也關係的其中一人。

這樣也滿好玩的。

冰川老師，要出發嘍！
假如我跟冰川老師不是師生關係——
這種假設應該不可能成立吧。
但是……
我不禁心想：
如果我跟冰川老師都是高中生，
或許會用這種方式走過青春的歲月吧。

OTAKARE
!! --- PLEASE --- !!

第三堂課

絶對不容許……師生的文化祭？。

好，各位同學，聽得到我的聲音嗎？
這次是一年一度的文化祭。
文化祭是一輩子的回憶。
請各位多多參與，從準備期間就積極以對。
跟同學們齊心協力，就算偶有摩擦，
也請各位一起打造這場文化祭。
試著挑戰平常沒接觸過的領域。
各位或許討厭失敗的滋味，但也無須畏懼。
我們這些老師會成為各位的後盾。
萬一有突發狀況，我們會想辦法處理。
所以請放心投入文化祭吧。
這樣一定能創造出美好的回憶。

所以、我也、那個、想跟學生男友一起挑戰文化祭……
為什麼？咦？不、不行嗎？真、真的不行？
無論如何都不行嗎？

冰川老師想交個宅宅男友
Author 篠宮夕
Illustration 西沢5ミリ
OTAKARE
!! --- PLEASE --- !!
第三堂課
Kadokawa Fantastic Novels

序章

「將來妳一定會拋下我，張開翅膀遨翔到遠方吧。」

高中時期，我的恩師露出柔和的微笑跟我這麼說。

當時我還不能理解，但如今為人師表後，我才終於參透話中含意。

學生會拋下我們這些老師，繼續成長茁壯。

尤其在畢業典禮時，更能深刻地體會到這一點。

在這三年間，明明和學生們共度了相同的時光，在一旁悉心照料，他們卻有了驚人的轉變，準備要畢業了。跟他們的成長速度相比，我們這些老師幾乎算是原地踏步。因此每逢畢業時節，雖然為學生的成長感到欣慰，相反地，卻也有種被學生拋下的感覺。

而且，就算學生們已踏入社會，高飛遠颺。

我們還是會繼續留在學校裡。

從今往後，這一點也不會改變吧。

第一章

每間學校都會有學長姊代代流傳下來的神祕傳說。

比如這幾年技術&家政科的期末考題都沒變，西棟四樓的屋頂門其實早就壞了，隨隨便便就可以進去等等。

能收集這些傳言並辨別其真偽的人，才是能用最低成本盡享高中生活的霸主。

換句話說，高中生活就是一場資訊戰。

為了要在名為青春的戰場中脫穎而出——為了別像我這樣不知道下一堂課忽然更改教室，孤零零地站在空無一人的教室裡——平時就應該跟班上同學打成一片，努力收集情報吧……不過，只要有人跟我說一聲不就好了嗎？

即使這段開場白說得有點長，但像我這樣並非自願，卻在高中二年級七月還幾乎交不到朋友的我也聽到了某個風聲。

先不論其他老師，我們絕對不能對冰川老師動歪腦筋。

所以黑板上出現這行文字時，教室裡的氣氛當然會瞬間凍結。

冰川老師想交個宅宅男友

・慶花祭二年二班提案

冰川老師扮成貓耳女僕的珍珠飲料店

喂，這點子到底是誰想出來的啊？

「……………………」

一陣沉默。

幾乎讓耳朵隱隱作痛的沉默。

有位女老師面無表情地直盯著那行字。

其名為冰川真白。

這位二年二班的班導師如冰霜般冷漠，甚至沒人敢靠近。

她將黑髮扎成一束馬尾，戴著黑框眼鏡。儘管其他老師堅守清涼辦公守則，只穿著運動服上班，唯獨她在炎炎夏日中仍是一襲端正套裝。由此可見她的性格有多麼一絲不苟。

大家都叫她——「雪姬」。

只要這位冰冷到被如此揶揄的女老師用宛如冷漠狙擊手的眼神一掃，教室裡當然會變成守靈般的氣氛。

事情怎麼會演變至此呢？

為了轉換心情，我將視線移向窗外，就看見幾個穿著夏季制服的女學生拿起洗手臺的水管互相潑水的畫面，嬉鬧的笑聲不絕於耳。從短袖襯衫和短裙中大方裸露的小麥色肌膚，看起來耀眼奪目。

時節正值夏季。

這個時期期中考已經結束，制服老早就換季了。毒辣的陽光毫不留情地灑落，蟬鳴聲震天價響。

老實說，光是這樣就讓人夠煩了，要來這間慶花高中上課，還得爬上正門前那道好漢坡才行。在這種酷暑季節爬坡便會汗如雨下，讓襯衫變得濕黏貼膚。所幸校舍裡開了冷氣，有如置身天堂，但碰上體育課就一點意義也沒有了。被灼熱的陽光曝曬後，為了節電而無法調低溫度的冷氣，只是開著心安而已。

如果在那之後還跟平常一樣要繼續上課，自然無法集中精神。

即使這堂課要討論下個月舉辦的「文化祭」，這個高中生活中一大活動的事宜也一樣。

……話雖如此，提議讓冰川老師扮成貓耳女僕的人的集中力未免也太差了吧。或許是採用了「總之大家就匿名提案」這個方法，才會出現這麼愚蠢的提案吧。

冰川老師想交個宅宅男友

我開始用視線在教室裡偷偷搜尋犯人。

但每個人都在窺探周遭，彷彿要主張自己沒有嫌疑。

這也難怪。只要知道冰川老師平常的作風，哪怕是匿名，也不會有人蠢到提出這個——

「我猜提出這個點子的人，應該是希望冰川老師能變得和善一點吧！」

還真的有人這麼蠢。

包含我在內，教室裡的所有人都像生鏽的機械般「嘰嘰嘰」地轉過頭去。

只見有個一臉傻笑的男學生微微站起身，舉手說道。二年二班最囂張的大概就是這個人了。我記得他姓鈴木還是鈴井……都已經七月了，我連同學的姓氏都記不清楚，感覺好像不太妙。

不過他這句發言，馬上就能看出是誰提出這麼愚蠢的點子了。

而且他還踩了特大級的地雷。

「哦……所以你覺得我不夠和善是嗎？」

「咿！」

冰川老師勾起一抹微笑的瞬間，這個狂妄男子——鈴井的表情僵住了。

畢竟冰川老師這張笑臉就像在說「待會兒我會殺了你」。最後鈴井宛如下一秒就要被KO的拳擊手般，低聲說了句「開、開玩笑的……」就雙腿顫抖地坐回椅子上。

「從剛才這樣看下來……各位同學是不是有點太胡鬧了？」
鬧劇結束後，冰川老師用冷冽的視線掃視整間教室。
她拿起匿名蒐集的那些提案用紙，說道：
「明明是一年一度的慶花祭……邀請人氣YouTuber和邀請偶像來班上舉辦演唱會……你們真以為這些提案能通過嗎？而且慶花祭執行委員也還沒選出來，已經沒有大把時間讓你們揮霍了，你們有意識到這件事嗎？」
被冰川老師狠狠一罵後，大部分的同學都低下頭去。
不過，沒錯——慶花祭。
我們就是為了這個活動，才會利用上課時間進行討論。
說穿了，慶花祭就是「文化祭」。
但如果硬是要舉出跟其他學校不同的地方，就是我們的舉辦時間落在八月上旬。
隔壁慶花大學的招生說明會也會在這個時期一同舉行。
由於是跟大學合辦，跟一般文化祭相比規模會大得多。每年都會在主舞臺舉辦女學生、男學生和老師的選美競賽，最後再由慶花高中或大學畢業的藝人們進行終場演出。在當地算是相當知名的慶典。
對宅宅來說，這個活動也有些特別的意義。

冰川老師想交個宅宅男友

以前有部提到了慶花祭的作品，動畫化後在網路上引發了不少話題。動畫播出後，雖然過了好幾年，至今仍有人會來進行聖地巡禮。順帶一提，這部動畫的續集又提到了四月舉辦的慶花櫻花祭，我猜今年應該會再紅一波，讓來客數大幅增加吧。所以邀請知名YouTuber或偶像來參加慶花祭這種人氣活動也未嘗不可……但以班級名義邀請確實有點太離譜了。

「今天至少要把慶花祭執行委員選出來，否則這件事就得卡在這裡了。請各位同學選完後再回去。」

冰川老師這句冷酷的宣言頓時讓全班躁動起來。

從時間上來看，冰川老師說的也不無道理。若今天之內沒選出執行委員，後續流程或許就會卡關。

但她臨時就要我們決定人選也讓人很傷腦筋。

畢竟慶花祭執行委員不是什麼好差事，這個傳言連我都聽說過。

因為是跟大學生合辦，所以又被稱為「大學生的打雜工作」，總之落在肩上的工作非常繁瑣。所以這個差事在二年二班也始終懸而未決。

那麼要把這個沒人想接的工作交給誰呢？

想得出這個答案，往往都會被歸結到這個方法。

第一章

「好！男生們出來猜拳吧！機會難得，就讓一路贏到最後的人當執行委員！」

一個男生說出這個提案後，教室裡就陸續傳來拉開椅子的聲音。

不過，哎，果然還是變成這樣了。

這種時候只能用猜拳來解決。

可以一招定勝負，堪稱卡關時的最終武器。

而且老實說，我又不可能被選為執行委員，既然要選，我也比較想用猜拳盡快決定。

咦？你問我明明是用猜拳決定，怎麼知道自己不會被選上？

因為……

請各位稍微冷靜思考看看。

再怎麼說，執行委員都算是亮眼的角色。在現實生活中，有看過我這種不起眼的人擔任如此要務嗎？答案是沒有。這種工作不是交給個性陽光的人，就是班上的風雲人物，這是古今中外不變的老規矩。

老實說，雖然美其名是用猜拳決定，但以鈴井為首的那幾個人都一臉「我該出場了」的表情。安靜的時候就該乖乖閉嘴，這也是不變的老規矩。

所以像我這種陰沉角色，就會靜悄悄地輸掉比賽盡快退場。

那麼——就稍微輸一下吧。

冰川老師想交個宅宅男友

這也沒什麼難的。

畢竟我們班有將近二十名男學生。如果運氣真的好到能從中脫穎而出，我更想用在社群遊戲的抽卡機率上。

「好，開始吧！這邊的人先開始猜拳吧！」

此話一出，「剪刀石頭布～」的吆喝聲就傳遍了整間教室。

……不會吧。

看到自己出的石頭贏過最後一個人出的剪刀後，我整個人傻住了。

這樣就剩下我一個人了。

換句話說，我就要扛下慶花祭執行委員這個重責大任——

不、不不不！

不行啦！絕對不行吧！我當執行委員？開什麼玩笑啊！

可是沒有任何人對這個結果表達異議。

如果是其他同學贏了，那群坐鎮全班中心位置的男生應該也會提出替換的要求，但偏偏這次贏的人是我。他們好像在猶豫要不要替我解圍……這還需要猶豫嗎？

這時在教室的另一側——也就是女生那邊也選出執行委員了，也是在班上沒什麼存在感的女生。但那個不起眼的女生發現我是她的搭檔後，嘴唇不禁顫抖了起來，一副接下來就要踏入地獄的反應。

「好像定案了呢。今天就到此為止吧。」

儘管班上仍吵嚷不已，冰川老師還是十分冷靜地這麼說。

就算教室裡瀰漫著「是不是該重選一次」的氛圍，冰川老師卻毫不在意，只是輕描淡寫地說：

「下次討論之前，請各位同學想一想班上要推出什麼活動。不過，不要再給我提邀請人氣ＹｏｕＴｕｂｅｒ這種亂七八糟的案子，聽懂了嗎？」

說完這句話，冰川老師便伴隨著腳步聲離開教室了。

儼然是一名殘酷無情的冷硬教師。

這個人肯定沒把學生當一回事吧。所以不管聽到什麼話，或是說出何等殘忍的話，心情都不會動搖半分。

她的口氣和種種行為都給人這樣的印象。

這就是被稱為「雪姬」的老師的本質。

冰川老師想交個宅宅男友

……一般人都會有這個誤解。

「那個，請問冰川老師在……嗎？」

「霧、霧島同學？你、你怎麼忽然跑進來了！」

放學後的國文準備室。

這間教室位於校舍一樓的最尾端，平常人跡罕至——所以我跟冰川老師經常在這裡偷偷見面。我才剛走進教室，冰川老師就驚呼一聲。

不知為何，她急急忙忙將手壓在頭上，但嚇到的人應該是我吧。

「呃，冰川老師……？請、請問……妳為什麼戴著貓耳呢？」

「那、那個，這是誤會。我、我只是想試戴看看而已。真、真的啦。這怎麼可能是我的興趣呢？」

冰川老師連忙揮手，滿臉通紅且矢口否認。

她頭上戴著毛茸茸的貓耳朵。

可能是這身套裝的關係，有種強烈的特殊PLAY感……嗯，感覺還不賴。這種造型應該可以進軍世界了，超可愛。

但無論如何，剛才那種冷硬教師的作風，此刻早已不復存在。

ゴゴゴ
ゴゴ

冰川老師想交個宅宅男友

那是當然的。真要說的話，這才是冰川老師的本質。

據冰川老師所說，她是為了成為「模範老師」才會裝出那種假象。

另一方面，我也沒聽她說過更進一步的細節，但我覺得這樣也好。畢竟冰川老師就是冰川老師，這一點不會改變。

我現在更在意她戴上貓耳的理由。

雖然冰川老師說「這不是她的興趣」，那為什麼——啊。

「難道妳很在意剛才鈴井跟妳說的話嗎？」

「那、那個………嗯。」

我把忽然浮現腦海的這件事說出口後，冰川老師點了點頭。

「因、因為，我的確不太和善嘛……所以我才想照鈴井同學說的那樣戴上貓耳，至少看起來也能和善一點。霧、霧島同學，你覺得呢？」

冰川老師揚起視線瞥了我一眼。現在這副模樣，好像隨時會發出貓叫聲。

說實話，簡直可愛得不得了。

過去我都不覺得貓耳是這麼棒的東西，感覺好像打開了新的大門。

「而且……霧島同學，你還好吧？」

「咦？」

第一章

「你不是當上慶花祭執行委員了嗎？我才會開始擔心你。而且山田同學也不太擅長做這種事……但這是大家決定的結果，我也不好干涉……」

冰川老師「嗯～」了一聲，煩惱到額頭都擠出皺紋了。

沒錯，冰川老師雖然給人冷漠又殘酷的印象——但絕對不是這種老師。

她的一舉一動都心繫著學生。

當然，她也是會確實將學生的批評納入心中，再加以實踐的人。不過我覺得戴上貓耳實在有點離譜了。她是從哪裡拿到那種東西的啊？

「……哎，執行委員的事我會好好想一下。不提這些了……」

說話的同時，我目不轉睛地看著戴上貓耳的冰川老師。

可惡——果然還是可愛到不行！雖然不知道原理為何，但那對俏皮跳動的貓耳，以及那條不知道怎麼戴上去的毛茸茸可動尾巴，全都充滿了小惡魔的可愛氣息。

冰川老師似乎毫無自覺，但這種可愛程度未免也太犯規了吧！

可以的話，我真想拍照留念……不過應該不行吧。她會不會同意呢？（偷瞄偷瞄）

「……就、就算用那種落寞的眼神看我，我也不會讓你拍照喔。」

「怎麼這樣！為、為什麼不行啊！」

「因、因為最近霧島同學的眼神都有點猥瑣……上、上次我穿上體育服的時候，我也覺

冰川老師想交個宅宅男友

得你的眼神透露出『她下次會不會再穿呢（偷瞄偷瞄）』這種感覺。」

「我、我哪有──」

「沒有嗎？」

「…………」

「真的沒有嗎？你能看著我的眼睛發誓嗎？」

咻。

我馬上看向別處。

「看、看吧！我猜的沒錯！霧島同學，你在想色色的事！」

「這不能怪我吧！我想欣賞女朋友可愛的一面啊，這個願望有這麼奇怪嗎！」

我索性將錯就錯大喊一聲，冰川老師的臉頰立刻染上一層紅暈。

「可、可愛……霧島同學，你在說什麼？雖然很開心，但、但這一聽就是客套話──」

「這不是客套話。我覺得冰川老師很可愛，全世界最可愛。」

「……～～～嗚嗚嗚嗚～～～真、真是的，霧島同學，不能說這種話啦。不可以這樣調戲大人喔。」

我用非常認真的態度這麼說，冰川老師卻氣呼呼地別過頭去。

可能是要擺出生氣的樣子吧，她把臉頰鼓起來……可是老實說，在我眼裡就只有可愛兩個字。

隨後，冰川老師瞄了我一眼，臉頰還是微微鼓起的狀態。

「雖、雖然我之前說要不要想這些事是你的自由……但、但我也警告過你不准講出來吧。再說，我是大人倒無所謂，你還只是高中生，這、這些事對你來說太早了吧……」

「咦？」

我不由得發出了疑惑的聲音，結果冰川老師又在臉頰依舊熱燙的狀態下補了一句：

「因、因為……」

「那、那個……你、你是高中生，還不能踏入這種成、成人的領域。我、我甚至覺得接、接吻對高中生來說也太早了。」

「呃，那個——」

我正想跟冰川老師解釋這是誤會的時候。

嘰——

被窗簾遮住的國文準備室窗戶發出了輕微的摩擦聲。

「唔！」

「呃！」

這裡是一樓。雖說人煙稀少，隔著窗簾也看不到裡面的狀況，但只要側耳傾聽，從外面也能將我們的對話聽得一清二楚。

我心想：太大意了。但我跟冰川老師的反應也相當迅速。

我們互看一眼，靜悄悄地躲到窗戶正下方，移動到萬一有人從窗簾縫隙偷窺也看不見的位置。這是我跟冰川老師事前商量過的對策，快要被別人發現時就會採取這種行動。

這麼一來，就算有人從外面偷看也無妨。誰也不會認為我跟冰川老師在密室裡獨處——

……如果是這樣就好了。但剛剛那陣窗戶摩擦聲還沒結束。

「……怎、怎麼回事？是被風吹的嗎？」

「我覺得今天風勢沒這麼強啊……」

我跟冰川老師低聲交談，雙方都疑惑不解。

是不是不太對勁？

我們實在太好奇聲音來源了，便戰戰兢兢地半蹲起身從窗簾縫隙往外看。沒想到——

有一對穿著本校制服的男女正靠在窗戶上激烈熱吻。

他們吻得相當熱情，連我們這些觀眾都忍不住臉紅心跳。

附帶一提，他們都閉著眼睛，完全沉浸在兩人世界中。

「「…………………………」」

呃，那個，目擊這種場景時該如何反應啊？

這種感覺就像全家人一起看連續劇時，忽然播出親密畫面一樣尷尬。

總之我們再次躲回窗戶下方。

隨後我偷偷看了旁邊一眼，發現冰川老師「呼呀……呃……是三班的那兩個同學……？」這麼說，臉上的紅暈比剛才更明顯了。

我先低聲糾正冰川老師剛才的發言。

「……那個，雖然冰川老師說『接吻對高中生來說太早了』……但我認為高中生還是會接吻吧。反、反正，看外面那兩個人應該就知道了……」

「可、可是他們吻得那麼煽情……咦？現在的年輕人都這麼敢嗎？還、還是在我那個時代就這樣了，只是我不知道而已？」

冰川老師彷彿夢囈般喃喃自語，一副眼冒金星的模樣。

但這也不能怪她。對老師來說，自己的學生激情深吻的畫面一定很衝擊吧。

這時——

「…………啊。」

我為了重新坐回地板將手碰地，結果不小心碰到冰川老師的手。

冰川老師想交個宅宅男友

她的肌膚白皙如雪，十分柔軟。

人類肌膚的溫度傳了過來，這感覺跟夏天的熱氣截然不同。

我反射性揚起視線，發現冰川老師也渾身一震，緩緩將視線往上移。

然而我的視線並沒有佇足於此。

我想起剛才的接吻畫面，下意識地將視線緩緩——

移向她那對櫻花色澤的雙唇。

「唔！」

冰川老師的視線似乎也描繪出相同的軌跡。

她的眼神離開我的嘴唇後，繼續往上移動，深深地和我相互凝望。

太陽似乎藏身在雲層後頭，室內頓時變得昏暗。

微弱的斜陽從窗簾縫隙灑入房內，一道橙色光線彷彿要穿過我們之間般流淌而下。

我們應該在想同一件事吧。

起初是誰先將臉湊近對方的呢？

我們的呼吸節奏漸漸同步，連些微的吐息聲都清晰可聞。

原來冰川老師的睫毛這麼長——我想著這種無關緊要的事，同時閉上雙眼。

我跟冰川老師的臉越來越近——

嘰。

外頭傳來的窗戶摩擦聲讓我跟冰川老師同時回過神來。

應該是剛才那對情侶在外面恩愛的時候壓到的吧。我聽見他們說「差不多該走了」，隨後又傳來漸漸遠去的腳步聲。

「……那、那麼，霧島同學，我、我們也該走了。」

「……是、是啊。」

我們站起身，並發出「啊哈、啊哈哈」的乾笑聲。

但我不敢直視冰川老師的臉。

因、因為，我們剛才原本要做的事——

「唔！」

或許是因為冰川老師打開窗戶，突如其來的陣風吹進了國文準備室。

冰川老師舉止優雅地用一隻手壓住了被風吹起的烏黑長髮。

從窗外溢流而入的橙色陽光耀眼無比，讓我瞇細了眼。

在斜陽照耀下，老師那對形狀姣好的耳朵被染成朱紅色。

冰川老師
想交個宅宅男友

好熱。

有股熱意從體內翻湧而上，讓我的臉頰變得熱辣辣的。

但這都要歸因於夏天吧。

一定是這樣。

我覺得有點害羞，於是決定用這個理由說服自己。

第二章

我作了一個夢。

那裡有點像澀谷的交叉路口。

難以計數的人們在我眼前來來去去。

在這種被誰看到也不奇怪的地方，我正在等一個人。

不久後，我感覺到有個人慢慢走近，便抬起頭察看。

眼前是長大成人的霧島同學。

一看見我，他便笑逐顏開。

隨後他舉起手跑向我，對眾人投來的視線完全不在乎。

我也露出笑容，走向霧島同學身邊。

——×××××××××××。

冰川老師想交個宅宅男友

夢境至此，我醒了過來。

「…………………嗚嗚，明明是這麼幸福的夢。」

我在床上翻來覆去，嘴上不停抱怨。

看了時間，是早上六點半。映入眼簾的畫面當然不是澀谷的交叉路口，而是熟悉的冰川真白的房間。

不過……

「……長大後的霧島同學好帥氣啊。」

我回想剛才的夢境。

雖然那個霧島同學只是我的妄想，他不可能蛻變成那個樣子……但還是很帥氣。性格沉穩許多，身高也比現在挺拔。在夢裡，他本人很在意的凶惡眼神也和緩許多。簡單來說，就是超級帥氣。

最近我老是作這種夢。

也知道原因為何。

就是前陣子在國文準備室，發生了那個……接、接吻未遂的事件。

在那起未遂事件後，我跟霧島同學之間的感覺就變了。

也不算吵架……只、只是我沒辦法再直視霧島同學的臉了。因、因為一看到霧島同學的

臉，就會想起那時候的事嘛……

親眼目睹自己的學生——高中生活色生香的接吻場面，應該也有影響吧。

既然我們是師生關係，就不能接吻。不能跨越那條線。

儘管我在心中如此發誓，但還是抱有一絲憧憬。

我希望能和霧島同學「更進一步」。

所以我才會夢見這個「更進一步」層層積累的結果，也就是「坦蕩蕩地在眾人面前約會的畫面」。

才會忍不住作這種夢。

不過……

雖然對自己的夢境做了一長串分析，我心中仍存在一個非常重要且嚴肅的問題。

這或許是我被問到「真白，這五胞胎裡妳最喜歡哪一個？」之後遇到最難解的問題。我選不出來，每一個都好可愛，我根本無法從中擇一……

縱然在大部分的戀愛喜劇中，只要做出選擇就會迎向結局——但現實並非如此。現實生活仍會持續，應該說那一刻才是起點。在這層意義上，我現在煩惱的問題是「故事」的下一步，只是靠自己的妄想或同人誌腦補而已。

我是成年人，比霧島同學年長。

冰川老師想交個宅宅男友

而且發生接吻未遂事件後，我還得思考一些問題。只要我們還是師生關係，就沒打算進展到接吻這一步，但還是得先預習一下才行。

也就是……

「……要、要怎麼接吻啊……？舌、舌頭要放進去嗎……？」

所以我今天也為了解決這非常重要且嚴肅的疑問，從一大早就盯著電腦學習如何接吻。

「要、要怎麼接吻啊……？舌、舌頭要放進去嗎……？」

休假日，自宅。

我一早就盯著電腦，專心查詢接吻的各種資料。

然而不管怎麼查，我都找不到答案。雖然大概知道「總之不要一開始就伸舌頭」，但我翻了好幾個網頁，都不知道哪個才是正確答案。為什麼光是接吻類型就分成這麼多種？

我是小孩子，比冰川老師年輕。

可是——這種思維可能已經過時了——身為男人，我還是希望能引導女朋友。我想用機靈又帥氣的方式，完成初吻這個成就。

冰川老師當然一定會用「師生」這個理由拒絕我……但也不能保證前陣子那種事何時會發生。預先準備總是有備無患。

而且……

「……交往後也快三個月了啊。」

我在高一那年春假遇見了冰川老師。

初次見面時，我以為她是大我一歲的學姊，還喊她冰川姊。現在也變成了令人懷念的回憶。

不過，在知道這女孩其實是我就讀的高中老師後……就發生了很多事，真的多不勝數。

但在周遭人們的幫助下，我們才能繼續交往。

在那之後已過了三個月。

交往後三個月內就接吻，甚至連後續的事都做過了等等，這些言論在網路上隨處可見。

相較之下，我跟冰川老師居然還沒走到接吻這一步。雖然沒必要迎合別人走過的路——但我還是覺得自己比別人慢了一拍，忍不住感到焦慮，甚至還懷疑原因是不是出在我身上。

比如「因為我是個經驗不足的小屁孩」之類的。

——**那，霧島同學要為我負責嗎？**

以前冰川老師對我說過這句話。

冰川老師想交個宅宅男友

我認為當時那句話並非冰川老師的本意，只是為了疏遠我才故意這麼說。這我能理解。我……雖然試圖理解，卻也意識到那是無可撼動的事實。

她說的確實沒錯。

我只是個高中二年級的小鬼。

雖然下定決心說了那些話，現實中卻扛不起這份責任。

所以我跟成年的冰川老師立場完全不對等。冰川老師總是抱持著和學生交往的風險，反之，我卻總讓老師為我擔心。最後還因為把身體搞壞，讓老師幫我進行K書集訓。

我真的不喜歡這種感覺。

但我還是選擇接受。

畢竟這不是光靠我這種小孩子努力就能解決的問題。我只是個孩子，沒辦法和成年人並駕齊驅。

——到前陣子為止，我都是這麼想的。

可是上個月在某個機緣之下，我發現同學中有個足以媲美大人的超級強者。她當然也非常努力……但她努力的身影給了我一點勇氣。只要勤奮上進，或許像我這種小孩子也能多少離大人更近一步。

所以我決定了。

我想成為能站在冰川老師身邊的大人。

我想和冰川老師平起平坐。

我覺得這麼做就能將我跟冰川老師的關係往「前」推進。

雖然心裡是這麼想的——

第二章

「……要怎麼做才能變成大人呢？」

「嗯？什麼大人？」

「啊，不，沒什麼。」

假日。

我跟平常一樣來冰川老師家裡玩。

現在是吃完晚餐的休息時間。

至於我嘛，正一邊吃著放在深棕色矮桌上的零食，一邊躺在冰川老師愛用的「讓人墮落的沙發」上全力耍廢。這時，腦海中忽然浮現最近正在思考的那些事。

我想跟冰川老師平起平坐。這個決心是不錯……但老實說，我不知道該怎麼做。所以，雖然我想方設法想成為大人，如今還是找不到具體方式。

冰川老師想交個宅宅男友

如果是遊戲的話，就會出現「到○○鎮就能拿到那個道具」這種指南，遺憾的是現實並非如此。

順帶一提，我已經找木乃葉跟紗矢小姐問過了。

木乃葉卻毫不留情地嘲笑道：

——啊？怎麼做才能變成大人？拓也哥，你幹嘛說這種中二的話啊？現在說的這句話會是你史上最不堪回首的黑歷史喔，你有自覺嗎？

而紗矢小姐……

——想變成大人？那就跪求真白讓你上啊？

則給了一個毫無參考價值的意見。是說，紗矢小姐，我說的「想變成大人」不是那個意思啦。

因此，雖然我苦苦思索……可惡，搞不懂啦。說到底，想跟冰川老師平起平坐這個念頭是不是搞錯了？

這時——

「唔！」

我不經意往廚房看去，冰川老師哼著歌沖泡咖啡的模樣映入眼簾。接著和冰川老師四目相交時，我頓時變得渾身僵硬。

因為，那個……上次見到冰川老師，就是接吻未遂的那一天。

在那之後雖說又過了一段時間，但直接和她面對面，還是讓我羞得無地自容。

而冰川老師好像沒像我這麼誇張。

「嗯？霧島同學，你怎麼了？」

冰川老師走向客廳，百思不解地歪著頭問。她的反應彷彿對先前的接吻未遂事件毫不在意。

這方面果然就能體現出經驗值的差異。

對我這種小孩來說就像五雷轟頂，可是對冰川老師這種大人而言，或許不算什麼。

「我就坐你隔壁嘍。」

說完，冰川老師坐了下來。

隨後她屈起雙膝，將櫻花色澤的嘴唇貼上咖啡杯喝了一口，這一幕美得像一幅畫。雖然很像一幅畫……但這件事我還是得說出口才行。

「……那個，冰川老師？我想問妳一件事。」

「嗯？什麼事，霧島同學？難道是上週的國文作業嗎？」

「不是。我確實也想跟妳請教國文方面的問題，不過我要說的不是這個。」

冰川老師想交個宅宅男友

「……那個，冰川老師，妳為什麼跟我離這麼遠？」

「咦、咦？有、有嗎？」

但冰川老師自己卻坐在離我數公尺遠的位置。畢竟我就坐在客廳正中央，冰川老師卻像緊貼在窗邊似的坐在那裡。這算哪門子隔壁啊？

冰川老師的眼神四處游移，甚至到形跡可疑的程度。

「啊、啊哈哈，我搞錯了。我平常都坐在這裡，太習慣了才會這樣。」

「這樣啊。那這次就坐我隔壁——」

「啊，恕難從命。」

「恕難從命？」

「我最近覺得坐你旁邊有點……」

「咦？什麼意思啊！『坐我旁邊有點』後面要接什麼？太讓人在意了吧！咦？難道妳不想坐我旁邊嗎……」

「啊，我當然沒有惡意。」

「從這句話的前後文來看根本只有惡意吧！」

完全聽不懂她在說什麼！

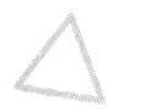

難、難道我身上有味道，只是自己沒發現嗎？我當然有每天洗澡，也有保持乾淨……

就在我已經淚眼汪汪的時候。

「真、真是的，別露出那種表情啦。我又沒說討厭你。」

——冰川老師輕輕地在我身旁坐下。

當彼此手背相觸，她的體溫就微微地傳了過來，光是這樣就讓我放下心來，冷靜許多。

冰川老師臉頰染上些許紅暈，偷偷看我一眼後，緩緩握住我的手。

「那、那個……喏，前陣子不是發生過那種事嗎？所、所以我才沒辦法直視你的臉……只、只是因為這樣而已。」

「這、這樣啊。」

什麼嘛……那不就跟我一樣嗎？

理解到這一點，心中的不安就漸漸消散。

另一方面，卻有另一個問題浮現。

「…………」

「…………」

我跟冰川老師整個人躺在沙發上，默默地牽著彼此的手。

彷彿會引發灼傷的熱度，從接觸的那一處傳來。

冰川老師想交個宅宅男友

我們沒有任何交談，但腦海中一定想著同一件事。

當我們看向彼此時，便墜入了這股氛圍——

——在擦槍走火之前，我提出了另一個話題。

覺得我很沒用的話，儘管嘲笑我吧。但如果這段時間要不停持續下去的話，我的心臟可撐不住。

「那、那個，冰川老師，我想跟妳商量一件事——」

「嗯、嗯。什麼事？」

幸好冰川老師也有所反應，在我說話時急忙插嘴應和。

雖然安心了不少，但我還是將煩惱已久的那個問題問出口。

「那個，我想問妳一個問題……呃，這是我朋友問的。想變成大人……不對，如果他想比現階段更進步，該怎麼做才好呢？」

我將問題包了層外衣稍加粉飾。話說，我也沒有這種會找我商量的朋友就是了。

然而，冰川老師沒有對此特別深究，而是認真思考後給出了答案。

「……嗯，我想想。雖然『進步』不是件容易的事。」

「——但嘗試新事物，或許是個不錯的選擇。」

「……新事物？」

「嗯。」

冰川老師點了點頭。

「你想想，玩遊戲的時候，只要前往新城鎮，獲取的經驗值也會不斷提升吧？所以若想求進步，就試試看從未接觸的新事物，或許就能成功。」

「從未接觸的新事物……」

真要說的話，就是我一直在逃避的問題。

畢竟我覺得那種努力都只是徒勞。

但這如果關係到成為大人的成長，那我……

當我如此心想時——

冰川老師屈起雙膝，將頭靠在膝蓋上，露出嬌柔可愛的笑靨。

「如果他是慶花高中的學生……可以的話，接下慶花祭執行委員或許是不錯的方法。雖說是人人都不想碰的差事……但應該能得到非常寶貴的經驗。」

「慶花祭執行委員……」

那就是我在猜拳比賽中意外敗北而被選上的職位。

老實說，我一點也不想當慶花祭執行委員。

只是因為猜拳輸了才被選上而已，根本不是我會做的事。論能力，還有其他比我更適合的人，讓我做只是浪費時間。這個想法始終在我心中揮之不去。

可是……可是，我缺乏的或許就是踏出這一步的勇氣。

這樣的話，為了讓自己「進步」，用盡全力認真當一回慶花祭執行委員……說不定是個不錯的選擇。雖然只是偶然被選上的打雜工作，但用心去忙，應該也會有某些轉變。

那……

「……好，試試看吧。」

這樣就會看到自己窩囊的一面吧。

還要跟在班上從未交流過的女同學合作。

但如果這麼做就能和冰川老師平起平坐，我就能堅持下去。

在那個夏日的夜晚。

我做了一個決定。

……照理來說是這樣啦。

第二章

「吶，夏希，妳怎麼會在這裡？」

隔週的星期一。

我正要去參加慶花祭執行委員的首場集會，不知為何，夏希也在我身邊。

夏希陽菜。

她是我的同班同學，曾被星探邀請擔任青少年客群的雜誌模特兒，可說是傳說中的花漾少女。

一頭色澤明亮的頭髮綁成馬尾。或許是隸屬手球社這種體育類社團，她的身體曲線看起來纖細又緊實。可能正值酷暑時節吧，夏希的襯衫領口大大敞開，卻又介於什麼都看不見的絕妙範圍。

但我們班上的執行委員不是夏希，是那個不起眼的女同學吧？

見我眉頭緊蹙，夏希在我前方幾步之處回過頭來。

接著她雙手扠腰，露出生氣的表情。

「我說啊，我可不想攬下這件差事。會變成這樣都是你的錯喔。」

「啊？我、我的錯？」

「對。原本被選為執行委員的山田同學說不想跟你共事，這件事才落到我身上。她還說『陽菜應該有辦法跟霧島同學合作吧』。」

「這是我的問題嗎？」

「山田同學說你很可怕，真要當執行委員的話，她可能就不敢來上學了。但如果辭掉執行委員的工作，感覺又會因此被你惡整，讓她不知如何是好……唉，這一切似乎都是她的想像啦。」

「這是我的問題嗎！」

「你老實說，有沒有私底下對山田同學做什麼奇怪的事？不然根本說不通嘛，她怎麼會這麼討厭你啊。」

「我什麼也沒做！我才想知道原因咧！」

受不了，怎麼會變成這樣啊？

流言被穿鑿附會的結果就會是這副德性吧。

但像這樣單獨相處時，就算不情願也能意識到我跟夏希這個組合有多奇怪。

夏希可是位居學校金字塔頂端的女孩。

我當然位於最底層，這一點自不待言。

明明是這種關係，我怎麼還能像這樣跟夏希聊天呢？

「吶，夏希。不對，赫爾布拉德老師，請問一下，關於您的新作──咿！」

「霧～島～？我說過別在學校裡提這個話題吧？啊？」

第二章

我一提到這個話題，夏希就帶著魄力十足的笑容步步逼近。

沒錯。上個月我偶然發現了夏希的祕密。

夏希居然是輕小說作家，筆名是「瑪基娜．茵菲魯諾．赫爾布拉德」。她碰巧也是我最喜歡的作家。

因為這個奇蹟引發的一連串事件，讓我跟夏希的對話機會增加了。可是……

「唔！」

夏希帶著近乎不自然的完美笑容又往我逼近。這個瞬間，我的心跳不自覺加快，並反射性後退一步。

見狀，夏希那雙好看的眉微微皺了一下。但這也不能怪我啊。

因為……

——**可是我覺得……就算真的交往也無所謂**。

前陣子，夏希對我說過這句話。

這當然是夏希的玩笑話……但在那之後，我總會莫名在意這件事。我最喜歡的依然還是冰川老師，不過說到底，像我這種男高中生聽到這句話，總不可能毫無反應。

對方好像完全沒意識到這件事的樣子。

事實上，夏希明明離我這麼近，卻也顯得泰然自若。

不僅如此，她還不高興地哼了一聲轉過身去。

「……就像我之前說的，新作預計在下個月推出。只是因為上一部的銷售數字滿漂亮的，所以印量比平常多了不少。」

「咦？真、真的嗎？妳很厲害嘛，夏希！」

「還、還好啦。我覺得這個時代幫了我不少。除了編輯、繪師跟其他經手人員……還有你。」

「啊？我、我嗎？」

「對啊，還有你。這陣子，那個，你幫了我不少忙……這次能拿出作品，絕大部分也是你的功勞。老實說，我很感激你。」

夏希還是沒有回頭看我。

但我覺得她的耳朵比剛才紅了許多。

我露出微笑，說：

「是嗎？但妳沒必要感謝我，畢竟我是自願幫妳。」

「我知道。所以我也是自願感謝你的。」

「這、這樣啊。」

她是知道還是不知道呢？

但被她這麼一說，我也不知道該說什麼。

「就像我之前說的，以後別在學校裡提這件事了。你知道我在隱瞞吧？要是下次再犯……你應該知道會怎麼樣吧？」

「嗯，知道了，赫爾布拉德老師。」

「你根本就不知道吧！」

夏希含淚痛罵我一頓，但我當然是確認過四下無人才這麼說。

夏希應該也明白吧。

她狠狠瞪了我一眼後便轉過身，繼續在慶花高中的走廊上往前走。

隨後我們直直穿過慶花高中的校地，走了十來分鐘。

最後抵達了一座圖書館。

不過這並不是慶花高中的圖書館。

而是慶花大學的圖書館。

今天慶花高中的所有慶花祭執行委員，要跟慶花大學的學生代表齊聚一堂開會。

我們走進圖書館內的寬敞會場後，發現已經有許多高中生和幾名大學生在裡面了。制服和便服混雜的景象感覺有點稀奇。

夏希一走進會場，馬上就吸引了周遭的目光。

她在慶花高中也算是數一數二的美少女。這麼漂亮的女孩蒞臨現場，大家應該都難掩驚訝與興奮。

——才剛這麼想，周遭的視線頓時四散。

嗯？怎麼了？發生什麼事？

我這麼心想，但疑惑馬上就解開了。

「很好。你們都有在五分鐘前到達集合現場。」

一聲不響站在我們身邊的人，就是身穿套裝的女老師——冰川老師。

冰川老師一出場，會場內就傳來此起彼落的低語，變得亂哄哄的。

仔細一聽，還能勉強聽出這些話。

「……喂，太糟了吧，雪姬跟霧島耶……」「那兩個人怎麼會一起出現啊……」咦？等一下，我也算在內嗎？因為我們兩個同時登場，才會引起騷動嗎？

「霧島同學，會議就要開始了，請入座。」

雖然冰川老師現在是教師模式，但她拍拍旁邊的位子時，看起來滿開心的。

由此可見，我就只能坐在這裡了。附帶一提，夏希好像發現朋友也在現場，所以去朋友那裡了。

於是——

冰川老師想交個宅宅男友

會場內出現了某種現象。我跟冰川老師占據了後方的座位，周遭卻空無一人，大家都死命地擠在前方座位區。身旁的冰川老師一臉疑惑地問：「他們為什麼不肯坐這邊呢……？」

但問題應該就出在我們身上吧。

「對了，冰川老師，妳不用工作嗎……？總覺得妳最近又要忙起來了……」

幸好誰也不敢靠近我們身邊。

我維持面向前方的姿勢只動嘴巴這麼問，冰川老師也完全沒看我。

「嗯。應該說最近忙的不是我份內的事，所以才能來這裡。其他老師都有擔任社團顧問的工作，但我還沒有。」

原來如此……雖然冰川老師一定也閒不下來，但其他老師更忙，她才會被趕到這裡支援吧。教師這一行未免也太辛苦了。

「而且我也不是主要指導老師，後藤老師才是，我只是副手而已，所以沒關係。」

是嗎……這樣沒問題嗎？

但是那位後藤老師今天也沒出席，可能忙得抽不開身吧。

當我這麼心想時——

「人似乎到齊了，那就開始吧。」

啪。

兩手一拍就馬上讓現場鴉雀無聲的人，正是慶花高中現任的女性學生會長。

她應該算得上是冰山美人吧。一頭烏黑短髮，嘴角還有個可愛的痣。整體感覺就像超級幹練的成熟女性。

連我這種人都知道她的名字和長相。

這位高三學姊是東条美玲。雖然很受男生歡迎，但在女生之間的人氣卻遠勝於男生。聽說她是這間慶花高中的風雲人物之首。另外在「最想在她手下工作」排行榜中也位居第一——總之是個優秀傳聞多到不行的女孩。

東条學姊微微一笑環視周遭。

「先自我介紹吧。我的名字是東条美玲……但應該有很多人已經知道我是誰了。從今天開始到慶花祭結束，就請各位多多關照。」

東条學姊彬彬有禮地低頭鞠躬。

接著由大學生們進行自我介紹。

照這樣聽下來，我應該是隸屬於「慶花祭執行委員會」這種類似社團的組織……不過，咦？這個組織的成立目的就只為了慶花祭嗎？除此之外還要做什麼？

即使心中出現這些疑惑，會議依舊嚴肅地進行著。

一連串說明結束後，最後站上講臺的是一名男大生。

冰川老師想交個宅宅男友

我記得他叫重野。

不僅如此，他在自我介紹時還說自己參加過ＩＴ企業的實習工作，有海外留學經驗，兼職三份打工，跟女子大學合辦大學校際比賽時還擔任總召等等。在我看來，就是個履歷輝煌的優秀人才。

至於他的打扮，是在Ｔ恤上套了件色澤清爽的薄針織衫，還戴了條項鍊作為裝飾。雖然我不懂時尚，但他給人的感覺就是個充分享受大學生活的時髦男大生。

重野學長揚起一抹微笑。

「今天會議就到此結束，希望各位能在下次開會前思考一下慶花祭主舞臺的壓軸表演項目。先把話說在前頭，我不想把慶花祭辦得跟平常一樣。為了我們所有人的回憶，我希望大家團結一心，打造一個前所未有、創新又精彩的慶花祭。」

……感覺很像剛創立的新創企業社長，或是推特上常見的那種優秀菁英會說的話。

會有這種想法，表示我的心思很扭曲吧。

不，其實不只是我，現場有些學生也都露出了懷疑的表情。

但大部分的高中生眼神中都充滿期待。

比我們成熟許多的大學生說的話。

而且還是擁有傲人經歷的大學生。

當這種大人說出「來辦場精彩的慶花祭吧」，心中的期望值自然會提升許多。果然還是我這個人比較奇怪。

在高中生期盼的眼神注目下，重野學長微笑著說：

「那麼，在場的各位，來辦一場最棒的慶花祭吧。」

聽到這句話後，四處都傳出激動猛烈的贊同聲。

「……可是，就算他要我們提議有趣的主舞臺表演……」

慶花祭執行委員會議結束後。

我在腦海中反覆思量重野學長的話，為此苦惱不已。

他說在下次開會前要想出主舞臺的表演企畫……但我真的很不擅長這種事。平常的我可能會隨便提個案子，可是既然決定要認真去做，我至少要好好思索一下才行。但就算想破了頭，可能也提不出什麼好點子就是了。

這種時候還是該找冰川老師談一談。

下定決心後，我便往教職員辦公室走去。這時口袋裡的手機忽然震動了幾下。

我拿出手機，只見畫面上跳出了這則推播。

冰川老師想交個宅宅男友

夏希陽菜

霧島，你待會兒有空嗎？

一小時後能不能來一下慶花町站站前？

「夏希應該可以不管她吧。」

我將智慧型手機收回口袋。

我不是不喜歡跟夏希相處，但不知該說麻煩還是懶惰，就像假日還要特地出門一樣煩人。雖然知道出去外面比較好玩，但連踏出家門一步我都嫌麻煩啊……

況且我現在正準備去找冰川老師。

總之，暫時先不要回夏希好了。

我才剛這麼想，手機又震動了幾下。

夏希陽菜

你願意來的話，就送你一直很想要的「魔法神話大戰」周邊喔。

第二章

「喂，夏希嗎？我要到站前哪邊等妳？」

我立刻撥通電話問她。

於是……

「太慢了吧，霧島。我不是叫你馬上過來嗎？」

「我可是從慶花高中拚命跑過來的耶。別太強人所難了。」

放學後，慶花町站前的家庭餐廳。

我跟夏希面對面坐在四人座位上。

只是……

「……喂，夏希，我們真的可以來這裡嗎？」

「嗯？什麼意思？這裡是什麼奇怪的地方嗎？我常常跟朋友來啊。」

「呃，畢竟真要說的話……」

這裡是慶花高中學生常光顧的家庭餐廳。

所以現在才坐滿了放學後的慶花高中學生。其中大概有一半以上的人都在偷瞄我們。

這也難怪。

冰川老師想交個宅宅男友

不管是就褒義還是貶義來說，我跟夏希都算是知名人物。而且一邊是學年中代表性的美少女，一邊是眼神凶惡、毫不起眼的少年。根據我的經驗，我們之間一定會被傳出空穴來風的謠言。

「我知道你想說什麼啦，但不用放在心上。不管跟你傳出什麼謠言，我都無所謂喔。當然，就算說我們在交往也行。」

「好好好，我知道啦。雖說是謊話，但還是謝謝妳喔。」

這句話讓我有些小鹿亂撞，不過我知道這只是夏希的玩笑。上個月才剛被她騙過而已。

夏希果然嘟起了嘴。

「嘖，這樣都能被你看出來啊。霧島，你很無趣耶。明明以前逗起來這麼好玩。你當時還以為我真的跟你告白，整張臉變得紅通通的呢。」

「少、少囉嗦。」

別把那天的事拿出來講啦。

現在偶爾回想起來，當時會錯意的感覺真的讓我很想死。

「對了，夏希。妳找我來家庭餐廳幹嘛？」

她是要做什麼嗎？

還是又要請我幫忙看寫好的輕小說？

第二章

我疑惑地這麼問，夏希就模樣可愛地鼓起臉頰說：

「怎麼？沒事就不能找你出來嗎？」

「呃，不，我不是這個意思……」

咦？怎麼回事？難道她只想找我過來打屁聊天嗎？

我努力說服自己冰川老師才是我的真愛，不要會錯意。

但我實在無法因此就毫不在意。夏希沒事卻特地邀我出來，這就表示——

「我還是有事要麻煩你啦，雖然不是什麼大事。」

原來有喔。

「怪了，霧島？怎麼了？你在期待什麼？」

「吵、吵死了，誰在期待啊。」

所以我才討厭個性直爽的陽光少女啦！

夏希一定是在知情的狀況下特地問的！

她竊笑著說：

「好啦，對不起嘛，霧島。我的薯條給你吃，別生氣了。來，張嘴～」

「不、不要捉弄我啦。再、再說，要是這麼做被別人誤會了怎麼辦啊！」

「剛剛就說過了，我覺得被誤會也沒差。還是你會很傷腦筋？」

「這、這……」

其實我希望不要被某位女性誤會。

但這種話我現在實在說不出口。要是夏希追問「對方是誰」，話題扯到冰川老師的話可就糟了。

對了，我們剛剛這些舉動，應該沒被認識的人看見吧？

雖然沒做什麼虧心事，但在外人眼中，或許很像情侶間在打情罵俏。尤其是被知道我和冰川老師的關係的人看到，就算他們產生奇怪的誤解也不足為奇。

心中浮現出這種危機感後，我不經意往家庭餐廳外一瞥。

「「…………」」

結果視線竟和木乃葉對個正著。她那輕蔑的眼神就像在看垃圾一樣。

「哎呀，拓也哥你在這裡做什麼呀？還跟夏希學姊在一起，難道是在約會嗎？」

幾分鐘後。

一臉燦笑的木乃葉在我旁邊坐了下來。

小櫻木乃葉。

全身上下都散發著顯而易見的陽光氣息。漂染過的淺色頭髮長度及肩，並用髮圈綁成馬尾。如果在遠處瞇著眼看，或許會以為她是個直爽又溫柔的可愛學妹，其實這傢伙身上集結了「毒舌、沒禮貌、煩人」等各種缺點。

雖然木乃葉稀鬆平常地加入了話題……但據長年的經驗來看，她的心情一定糟透了。她為什麼要氣成這樣？而且怎麼會想要加入我們？這個人是有什麼毛病？

另一方面，夏希也搬出對外用的資優生笑容。

「啊哈哈，小櫻學妹，妳誤會了啦～我只是跟霧島同班而已。」

「哦～但只因為同班，妳就跟拓也哥來家庭餐廳啊？如果是夏希學姊，應該有一大票男生想跟妳一起來吧？」

「真是的，對我拍馬屁也沒有任何好處喔～別說我了，小櫻學妹跟霧島是什麼關係啊？感覺你們之間沒什麼共通點，沒想到居然認識～」

「我跟拓也哥的關係嗎？也沒什麼啦～就只是經常去拓也哥房間叨擾的關係而已。啊，不好意思，我居然喊他拓也哥。因為平常這樣叫習慣了，才會不小心喊出口啦～我明明提醒自己在外面要喊他霧島學長才對～」

「這、這樣啊～別想這麼多啦，我完全不在意喔。對了，霧島，你下次什麼時候要來我家？上次來的時候，我媽好像很喜歡你呢～老是要我找你來家裡玩，真是煩死了。」

冰川老師
想交個宅宅男友

「是、是喔～原來如此～啊，拓也哥，這麼說來，你最近都不來我家了，害我媽媽很消沉呢。明明以前每天都會過來吃飯。」

「是、是喔～原來如此～天下的媽媽都是一樣的呢～」

「對呀～真讓人傷腦筋耶～」

夏希跟木乃葉一直發出「啊哈哈」、「唔呵呵」這種刻意的笑聲。

……哇，她們感情還真好耶。

我當然不可能這麼想。這是怎樣？為什麼她們要進行這種彷彿在檯面下互毆的對話？還有，木乃葉，幹嘛要說「經常去房間叨擾的關係」這種招人誤解的話？講得一副我跟妳超親密一樣。

對了……

「原來妳們認識啊？」

「算是吧。」

回答我的人是夏希。

「小櫻學妹之前有暫時加入我們社團。那段期間我們滿熟的～」

「是呀～夏希學姊超級可靠，簡直棒呆了。」

「這樣啊。想必兩位還有很多話想說，我就不打擾——」

「──**啊？**」──」

「啊，呃，沒什麼……」

好、好可怕！剛才她們都面帶微笑地釋放出要置我於死地的超強魄力！

夏希繼續保持微笑，將視線移向木乃葉。

「那能不能請小櫻學妹離席呢？我跟霧島有點私密要事得談。」

「咦？私密要事？妳剛才說不是什麼大事啊？」

砰！

桌子下，我的小腿被人狠狠踢了一腳。

好、好痛──────！搞、搞什麼啊！我眼眶含淚地瞪向踢我的人，罪魁禍首夏希卻只是面帶微笑地歪著頭，但她的眼神彷彿在警告我不准多嘴。有夠恐怖。

但木乃葉似乎有所察覺，只見她揚起一抹自信的笑容。

「真奇怪呢，既然不是什麼大事，我在場也無所謂吧？而且我跟拓也哥也有重要的事要談。」

「哪有，妳覺得重要，可是對我來說應該不是什麼大事吧。而且妳本來就是之後才闖進來的，沒什麼事就趕快回去吧。」

砰！

冰川老師想交個宅宅男友

桌子下，我的小腿被人狠狠踢了一腳。

好、好痛——————！搞、搞什麼啊，木乃葉！怎麼每個人都在桌子底下踢我啊！我說錯什麼了嗎！

但不知為何，夏希跟木乃葉始終保持滿面笑容，彼此間的氣氛卻一觸即發。

在我的印象中，她們的感情沒有差到這種地步吧……怎麼會這樣？

這種時候，只能祈禱某個人來和平收場了。

在我認識的人當中，有沒有性格比較正經的人啊，拜託快來救場吧！

我抱著這般祈禱的心情往窗外一看——

「…………」

「…………」

結果和紗矢小姐四目相交。她的笑容就像找到了有趣的玩具那般。

……最不正經的傢伙出現了。

於是——

「「「…………」」」

第二章

我對面是夏希和木乃葉，隔壁則坐著紗矢小姐，我們以這種構圖占據了家庭餐廳桌位區的一角。這是什麼天殺的組合？

紗矢小姐是冰川老師的朋友，也是一名同人作家。

雖然外表看似一頭金髮的小太妹，但因為身高只有小學中高年級的程度，渾身散發著一種不知天高地厚的屁孩樣。據冰川老師所說，她似乎是個熱愛菸酒的幹練大人。

另一方面，夏希和木乃葉則對紗矢小姐的出現相當困惑。這也難怪，畢竟她講都沒講就自然而然地坐了下來。我想紗矢小姐只是覺得好玩才會加入我們……至於這位紗矢小姐完全沒有任何解釋，還點了聖代來吃。太隨便了吧。

「呃，那個，妳跟霧島是什麼關係啊？」

過了一會兒。

可能實在忍不住了，夏希便用對待小孩子的口氣問了紗矢小姐。聽她這麼問，紗矢小姐低聲詢問我：

「喂，小男友，我要怎麼回答才好？」

「麻煩妳盡量不要提到冰川老師，我不想讓她深究我跟冰川老師的關係。剩下的就都交給妳吧。」

「ＯＫＯＫ～總之不要提到真白，用自然的方式解釋我們的關係就好了吧？」

冰川老師
想交個宅宅男友

「是啊。」

這種時候，只要我跟冰川老師的關係沒曝光，剩下的就無所謂了。

「那等等就包在我身上。」

紗矢小姐勾起一抹大膽的笑容。

那個笑容中的可靠感，簡直是……！不愧是紗矢小姐！真是個可靠的成年人！妳們這群女高中生睜大眼睛瞧瞧吧。這才是擁有思辨能力的成年人。對了，紗矢小姐，我剛剛還說妳是最不正經的人，真是不好意思。

不過……

雖然紗矢小姐說「用自然的方式解釋我們的關係」，但在他人眼中，我們看起來又是什麼關係？

看著倒映在窗上的影子，我試著重新思考。

我（眼神凶惡&看起來很老成）↑像個大人

紗矢小姐（身高未滿一百五十公分）↑像個小孩

……不、不會吧。

紗矢小姐用跟她外表相符——也就是十二歲左右的甜美嗓音，模樣可愛地歪著頭說：

「我跟葛格的關係？好像不方便在這裡說耶……？」

「居然說了這麼危險的臺詞！」

她想讓我在社會上永無立足之地嗎！

完了完了完了！這可不是鬧著玩的！

而且這會產生另一種不自然的感覺吧！在某種意義上來說確實解釋得很精闢，但我應該會被冠上罪嫌逮捕耶！

我猜的沒錯，木乃葉跟夏希竊竊私語起來了。

「咦？呃，她說葛格……我記得拓也哥沒有妹妹啊？」

「咦？所以他把毫無關係的女孩子稱為妹妹……？」

「唔哇，拓也哥太噁了吧。」

「霧島，這實在有點……再怎麼說，你的性癖都太扭曲了吧？」

「去死吧，蘿莉控。」

「我還是去報警吧……」

「不不不！等一下，妳們誤會了！這、這只是紗矢小姐的玩笑話！根本無憑無據！紗矢小姐，妳也說句話啊！」

「咦？要我說句話……難道葛格是要我說前陣子你逼我玩醫生ＰＬＡＹ的事嗎……？」

「我根本不記得有這件事！」

慘了慘了慘了，我搞不好真的會被檢舉。

見我頓時臉色慘白，紗矢小姐才發出呵呵的笑聲。

「哎呀～小男友果然很有趣呢。所以我才沒辦法克制自己逗你玩啊。」

「真、真是的，我每次都覺得心臟快停了，請妳手下留情吧。」

「奇、奇怪，看這樣子……難道是誤會一場嗎？」

「廢話。」

不然妳以為是怎樣？

我瞇起眼睛一瞪，夏希就說：「我、我當然知道啊。」並別開視線。這傢伙絕對信以為真了吧。

另一方面，聽到紗矢小姐那句「小男友」，木乃葉似乎就明白原委了。她輕聲嘀咕道「原來如此」，並瞭然於心。

紗矢小姐環視四周後開口：

「我是神坂紗矢，別看我這樣，我早就已經超過二十歲了。請多指教。我跟小男友的關係……比較類似透過朋友認識的熟人吧。」

冰川老師想交個宅宅男友

「那、那個……所以妳還是學生嗎？」

「不，我是漫畫家。」

「咦？」

夏希馬上雙眼一亮，一定是覺得找到知音了吧。但發現木乃葉一臉困惑地看著自己時，夏希便輕咳幾聲切換成微笑模式。接著她看著我說「待會兒再跟你問清楚」……感覺她過得滿辛苦的耶。

這時——

夏希舉手向紗矢小姐發問。

「抱歉，神坂小姐，方便請教一個問題嗎？」

「嗯？怎麼了？儘管問無所謂。」

「那就，呃，那個……神坂小姐為什麼要叫霧島『小男友』呢？我本來以為神坂小姐是霧島的女朋友，但聽起來似乎不是這麼一回事……」

「…………」

這個問題讓紗矢小姐滿頭大汗。

……不好意思，妳說這句話時該不會沒有經過大腦吧，紗矢小姐？

我用擔心受怕的眼神瞥了她一眼，紗矢小姐也露出同樣的眼神，對我眨眼，說：

（小男友，歹勢啦☆）

（妳搞什麼鬼啊！）

之後我花了好大一番工夫才騙過了夏希。

◇◇◇

「……原來還有這些事啊。」

「呼——是啊。」

接著一小時後。

夜幕緩緩降臨後，我跟冰川老師一起待在家裡。

但一說到今天在家庭餐廳發生的事，冰川老師就越來越不高興，話題結束後甚至還氣得鼓起臉頰。

跟其他女生一起去家庭餐廳，果然還是不太好吧？

我才這麼心想，冰川老師就鼓著臉頰說：

「真狡猾。」

「咦？」

冰川老師想交個宅宅男友

「我說你很狡猾。霧島同學，你跟其他女生感情好是無所謂……但我也想跟你一起去家庭餐廳嘛。」

「冰川、老師……」

我跟冰川老師是師生關係。

所以被其他情侶視為理所當然的小事，對我們來說都是無法實現的夢想。

我跟冰川老師應該都已經接受這個事實了，只是……說得也對，怎麼可能因為接受就失去憧憬呢？其實我也很想跟冰川老師一起做很多事。

「啊，但我沒有要阻止你的意思喔，只是覺得有點羨慕而已……畢竟我高中時很少做這些事。」

為了不讓我誤會，冰川老師連忙揮手解釋。

沒錯，冰川老師就是這種女性。所以儘管我們是老師和學生的立場，她也想找機會試試一般的約會……但還是很不容易。我是學生，冰川老師是老師，我們在一起的這個時間點就很不自然了。

不提這些了，還有另一件事讓我很好奇。

「對了，冰川老師高中時是什麼樣的人啊？」

老實說，我沒聽說過冰川老師高中時期的故事。

這樣看來，我對冰川老師的了解也算不上透徹，尤其是冰川老師的過去。

聽到我的問題，冰川老師雙頰緋紅，用手指纏繞髮梢並說道：

「我、我的高中時代……那、那個……你聽了應該會覺得很無聊吧？」

「只要是冰川老師的事，我都不覺得無聊。所以請妳告訴我吧。」

「是、是嗎……？那、那倒是可以說一說……可是真的沒什麼大不了的喔。」

給出這個前提後，冰川老師便說起她高中時代的故事。

「我高中的時候啊……是文藝社的社員，整天都在看書，生活平淡無奇，班上的朋友也不多。啊，當時我只跟紗矢很要好而已，畢竟同屬文藝社。」

「哦，紗矢小姐也是文藝社啊。」

我知道她跟紗矢小姐高中時就玩在一塊兒了，沒想到連社團都一樣。

「是啊。我、紗矢和顧問老師三個人常常聚在一起，放學後還會一起玩呢。」

「跟、跟老師嗎？」

我跟冰川老師正在交往，所以能接受「跟老師一起玩」這種概念，但我自己也知道這樣挺特殊的。現實生活中，應該沒幾個高中生會跟老師玩在一起吧。

「感覺還是不太尋常吧。除了霧島同學以外，我現在也不會跟其他學生放學過後還待在一起。」

冰川老師想交個宅宅男友

「是很好的老師嗎？」

「怎麼說呢……？雖然是個年輕貌美的女老師，但她非常嚴格，留在我心中的也不完全是美好回憶……不過，嗯。整體來說應該算好老師吧。」

冰川老師看向遠方，似乎想起了過往。

她臉上的表情十分溫和，讓人感受到一絲懷舊之情。

「所以，縱然我的高中生活平凡無奇，卻也過得相當充實。偶爾打打遊戲、看看漫畫和動畫、跟紗矢出同人誌等等，做了很多事……結果除了紗矢以外，我的交友圈非常狹隘，也沒經歷過高中生該有的青春歲月，所以才有那麼點遺憾。」

「遺憾？」

「嗯。為了即將到來的文化祭努力籌備班上的活動、活動當天跟班上同學到處逛攤等等，要是能多一些這種充滿青春氣息的體驗就好了。我連續三年都在文藝社社辦顧攤。」

「原來如此……」

「不過，我還有很多機會跟你一起體驗青春，所以不要緊。」

被冰川老師這麼一瞥，我忽然害羞了起來。

「對了，結果夏希同學找你做什麼？」

冰川老師像是忽然想起這件事般開口問道。

於是我回答：

「好像要跟我商量慶花祭主舞臺要推出什麼活動。喏，畢竟執行委員會要我們在下次開會前想出點子。」

到頭來，因為木乃葉她們也在，所以沒能討論就是了。

但夏希為什麼要找我一起想呢？我到最後都沒搞清楚這件事。

與其獨自煩惱，兩個人討論確實比較快……不過夏希這個人對慶花祭執行委員這個職位有這麼上心嗎？

「這樣啊……霧島同學，你想到什麼點子了嗎？」

「還是毫無頭緒……冰川老師有什麼意見嗎？」

「我？」

冰川老師指了指自己。

隨後，她將手抵在下顎咕噥道：

「嗯，我想想……我覺得邀請配音員來慶花祭還不錯。當班級表演嘉賓實在有點奇怪，但應該很適合在主舞臺演出吧。」

「哦——」

感覺確實很有趣。如果能邀請到配音員，我好像就能全力以赴。

冰川老師想交個宅宅男友

每年慶花祭主舞臺都能邀請到偶像或名人來表演，邀請配音員也不見得是不可能的事。

「有機會來的話，妳覺得誰比較好？」

「這個嘛，雖然最近有很多受歡迎的新人……但果然還是那個人吧。」

說著說著，冰川老師哼了一段旋律。只要身在宅圈，應該都會聽過這首歌。只要提到輕小說，就會率先浮現在大家腦海中——那部有外星人、未來人和超能力者登場的超級名作。冰川老師雀躍地唱著「感覺好像♪解謎一樣♪」，唱的就是那部動畫的片尾曲。她想邀請的想必就是那部輕小說女主角的配音員吧。

但更讓我在意的是——

「……咦？冰川老師，妳怎麼跳得這麼好……？」

從剛剛開始，冰川老師哼歌的時候，身體就隨著歌曲不停舞動。簡直已經是專家等級了。那個舞步明明很快，她卻能分毫不差地臨摹出來，動作相當純熟靈敏。她到底鑽研了多久才學會這支舞？老實說，我真的嚇到了。

見我嚇得渾身發抖，冰川老師連忙揮手解釋。

「沒、沒有，我、我一點也不奇怪。我這個世代的人，只要喜歡這部作品基本上都會跳啊。真、真的啦。」

「就算是冰川老師說的話，我也不會上當喔。怎麼可能有人能跳出這麼快的舞步啊？」

「唔——真的是這樣啊……」

冰川老師鼓起臉頰表示抗議。

「霧島同學，你也會跳『千花舞♡』吧？跟那是一樣的！」

「最好是會跳啦！」

不對，其實我的確想跳，但因為記不住舞步，又不經意看到鏡中正在練習對拍的自己，所以就放棄了，畢竟我覺得要可愛的女生來跳才會好看。順帶一提，我的舞步就像某個部族的祈雨舞。

「但霧島同學至少也知道這部動畫吧。」

「我是阿宅當然知道啦，但我是從馬拉松直播跟重播看到的。當季在播的時候……我可能才終於學會站立行走，或是才在爬行階段吧。」

「**啥？**」

畢竟當時還不懂事，實際情形也無從得知。

但我話才剛說完，冰川老師就像壞掉的機械般僵硬地轉動脖子，嘴裡不停重複「爬行階段……爬行階段……」。

冰川老師的雙眼變得黯淡無光，表情就像目睹了世上一切的絕望，手還抖個不停。

「哈、哈哈、這、這樣啊。我全力覺醒為阿宅的時候，霧島同學只會爬而已……」

冰川老師想交個宅宅男友

「我、我也不知道實際情況如何啊？只是就年齡而言，正值爬行階段應該很正常吧。」

「我居然跟還在爬的小孩子交往……」

「我現在不會爬了啦！」

但冰川老師似乎沒聽見我的聲音。

只是靜靜地低喃著「還在爬、還在爬……」這幾個字。她是受到多大的打擊啊？

「不過，邀請配音員這個點子應該滿有趣的。」

雖然只有一次，也不是演唱會，但是我參加過配音員的見面會——當時動畫雖然尚未播出，不過配音員有將輕小說原作的部分臺詞現場配音。聽到配音時，書裡面的角色彷彿活生生跳到眼前似的，我到現在還記得當時的感動。

如果能再次見到和當時類似的場面，我一定會非常開心。

「好，就這麼決定！雖然有種抄襲冰川老師的感覺，但我覺得會非常精采，所以我要寫下『邀請配音員』這個提案！」

「哦哦——」

我興奮地大聲宣言，冰川老師卻一臉平靜地拍拍手。

她好像總算從絕望深淵中復活了。

「那你想邀請誰？」

「星宮志帆小姐！」

「呃，雖然我剛才也說了個絕對邀請不到的配音員……但這位的難度實在太高了吧？」

冰川老師小心翼翼地這麼說，但我也是這麼想的。

星宮志帆。在年輕世代，這名字可是無人不知無人不曉——這麼說可能太誇張了，但她確實是當代赫赫有名的新人配音員。

她原本是戲劇出身的女演員。

但距今正好一年前，她會擔任原創動畫電影配音的消息公諸於世。

近期的動畫電影也經常請演員配音，星宮志帆也是其中之一。消息剛公開時，網路上雖然有很多負面傳聞……但電影上映後評價馬上就逆轉了。現在有非常多對配音員超級講究的宅宅都是她的粉絲。最近時不時也會在深夜動畫中聽到她的聲音。

簡而言之，在配音界當中，她算是相當廣為人知。

但這也意味著她的知名度非常高。

實在不太可能把這麼優秀的女性邀來參加高中的文化祭。

「對，我當然知道。邀請星宮志帆小姐只是我的理想，所以就算知道不可能真的邀請到她，我還是想懷有一絲希望。」

「嗯，說得也是。」

冰川老師想交個宅宅男友

冰川老師也露出微笑深表同意。

「那就好好努力，邀請星宮志帆小姐這麼厲害的配音員來吧——！」

「好！那就祈禱有人能把星宮志帆小姐邀來吧！」

「不是要靠你自己嗎！」

冰川老師嚇得瞪大眼睛。

我也明白自己的立場。由我全權主導活動，還要邀請配音員來參加？太離譜了吧。先不論我想不想做，這種天方夜譚根本讓人笑不出來。再說，我的能力不足，做這種事一定會把慶花祭搞垮。

不過現實生活中應該也不會發生這種事啦。

我悠哉地這麼想，並幻想是否真有機會邀請配音員來表演。

這時候的我，還沒料到結果會如何發展。

◇◇◇

隔週星期一。

這天，慶花祭執行委員們在高中的大教室裡開會。

內容就如上次宣布的一樣，要決定慶花祭主舞臺的表演項目。

決定方式為每人寫一張紙，各自投票表決。

至於我嘛，就是抄……更正，就是對冰川老師的提議深有同感，所以寫了「邀請配音員來舉辦見面會」。

到了計票時間。

當學生會書記正在逐一確認投票用紙，將提案寫在白板上時，有個人忽然站起來。這個人就是大學生的總召，重野學長。

重野學長打斷了書記的作業，看著投票用紙發表言論。

「『邀請本大學畢業的樂團來表演』？這個前幾年已經辦過了，既無新意也不有趣。還有，『露香』這個偶像是哪位？找這種名不見經傳的人來，就無法吸引遊客來參加慶花祭了。我們也該把這一點列入考量才對。」

他邊說邊翻閱投票用紙。

仔細一看，那位書記的手也停下來了。

在那之後，原定計畫是讓大家投票表決……但其實被重野學長否決的那些提案都被刷掉了。現場也沒人想要再次提議。這也難怪，這間教室裡根本沒人敢正面槓上大學生——

不對。

冰川老師想交個宅宅男友

「等一下，重野同學。」

這時開口干預的正是冰川老師。

她在眾人的注視下站起身子，表情相當嚴肅，凜然的嗓音傳遍了整間教室。

「重野同學，這可是高中生的慶花祭，你卻不用多數表決的方式，逕自否決提案——」

「真是的，冰川老師。」

但重野學長卻沒讓冰川老師把話說完。

他面帶微笑地說：

「我哪有在否決提案呢？只是發表一下感想罷了。每個人都可以盡情表達意見啊。來，我隨時洗耳恭聽。」

即便他這麼說，在這種氣氛之下，應該也沒有高中生敢多說什麼。

這陣沉默持續了一秒、兩秒……三秒之後，重野學長環視全場並聳了聳肩。

「妳看，大家好像都沒有意見呢。這表示他們從一開始就同意我的說法。」

「不，在這種狀態下，學生怎麼敢發表意見——」

「但他們確實什麼也沒說啊，這也沒辦法吧。對了，冰川老師，妳雖然說這是高中生的慶花祭，但這當然也是大學生的慶花祭。這裡最沒資格插嘴的人，應該是老師才對吧？」

「這……話是沒錯。」

聽到重野學長的反駁，冰川老師啞口無言。

但重野學長說得的沒錯。要說這裡誰是局外人，那就是老師。雖然「沒資格插嘴」這話有點過分，但她確實該以大學生和高中生為主，不要輕舉妄動才是。

冰川老師應該也明白這一點。

她輕輕嘆了口氣後，低下頭說：

「……好吧。但麻煩你確實採納高中生的意見。」

「我當然知道。那麼各位，有任何意見就請當場提出。」

不，你根本沒搞懂吧。

我忍不住在腦海中開口痛罵，可是……呃，這或許也是重野學長的策略之一。這麼一來，就變成重野學長的一言堂了。

但我也不會因此全盤否定這種做法。

若有個能發揮領袖能力的人在場，整場會議就能順利進行。

觀察別人的眼色慢慢表決這種做法，也有不適用的時候。尤其是必須在短時間內完成準備到開辦的一系列流程時。

話雖如此，的確也不能單憑個人喜好來決定。

「繼續吧。這個提案也不行呢，原因我剛才就講過了——」

冰川老師想交個宅宅男友

冰川老師被迫噤聲後，現場果然成了重野學長的一言堂。

還沒走到多數決那一步，就被重野學長直接刷掉了。

期間，一張又一張寫著提案的紙堆變得越來越少。就在剩下寥寥數張時，重野學長做出了跟剛才截然不同的反應。

「哦，哇……原來如此原來如此，這點子不錯嘛。」

聽到他的聲音，我們都同時抬起頭。

畢竟他先前除了否定還是否定。在我看來他雖然有點吹毛求疵，沒想到還是有案子能通過他的考驗。到底會是什麼案子呢？

大家的想法似乎都一樣，視線都集中在重野學長身上。

重野學長也感受到眾人的目光了吧，只見他環視教室一圈後說道：

「嗯，這點子很創新，是從來沒有在慶花祭辦過的活動——霧島同學是哪位？」

「咦？」

我、我嗎？

我張望四周，發現幾乎所有學生都把頭轉向後方看著我。

重野學長似乎不知道霧島是誰，看到我的那一瞬間，他雖然嚇得目瞪口呆，卻還是想盡辦法扯出笑容。

第二章

「你就是霧島同學啊。你的提案很不錯呢。邀請配音員……感覺是前所未有的提案。嗯，既創新又有趣，我非常欣賞這個提案。書記，能請你寫下來嗎？」

「啊，好、好的。」

書記連忙接過那張紙，將我的提案寫在白板上。

見狀，絕大多數的學生都皺起眉頭，覺得這跟其他提案沒什麼差別。

其實我也有同感。

但重野學長不知為何十分滿意，不停點頭稱是。

「那就用多數決定案吧，畢竟廣納眾人意見也很重要嘛。我覺得邀請配音員一定會成功，大家覺得怎麼樣？——覺得提案一可行的請舉手。」

重野學長擅自採取了多數決方式。

可是他都說得這麼直接了，也沒人敢舉手選擇其他提案。

雖說不至於到其他提案完全沒人舉手的窘境，但重野學長會用坐在教室任何一處都能聽見的音量咕噥「哦——有這麼好嗎？你們想搞砸嗎？」，所以舉手的人越來越少了。

當這場多數決進行到最後一個案子時——

「嗯，大家的想法果然跟我一樣。那就決定邀請配音員來表演了。」

到頭來，在這種氛圍之下，根本沒人敢反對重野學長。

冰川老師想交個宅宅男友

一旁的冰川老師雖然露出沉思的表情，卻也不發一語。

不過，今天的會議至此算是告一段落了。

現場氣氛是不太好，我卻覺得沒那麼糟。

畢竟真的有機會邀請配音員了。

說不定真有奇蹟發生，星宮志帆小姐願意受邀出席……開玩笑的。我自己也清楚這是痴人說夢，想也知道不可能跟這麼忙的配音員敲定行程。但萬一真的能來，那就太棒了——

「霧島同學，明天開始就要麻煩你了。我們都是代表，一起努力吧。」

「……咦？」

重野學長再次說道。

我的理性瞬間被拉回現實……咦？他剛才說什麼？我們都是代表？誰跟誰是代表啊？

我當場愣在原地，重野學長則露出一抹淺笑。

「咦？我沒說嗎？我這次想讓提案者擔任慶花祭執行委員的代表。你對整體企畫架構最清楚，更重要的是，你的動力也會跟其他人不一樣。」

「呃，不，可是——」

「那就麻煩你了。我等一下還有事，先告辭了。」

說完這句話，重野學長就跟其他大學生一同颯爽地離開教室。

只剩我們這些高中生被留在原地。

但教室裡的每個高中生都在想同一件事。

……不、不不不不！真、真的假的？我、我嗎？我的朋友少到可以用一隻手數完，從來沒跟班上同學好好交流過耶。慶花祭執行委員代表？這話是認真的嗎？

但想當然耳，在場沒人敢反駁重野學長的意見。

距離慶花祭還有將近一個月的時間。

慶花祭便以我想像中最爛又最糟的方式，拉開了序幕。

第三章

「那、那麼、還、還有其他人有、有意見嗎？」

我知道我的心臟跳得奇快無比。

在足以容納將近五十人的大教室中。

被慶花祭執行委員的各個學生盯著看，讓我的手微微顫抖。

目前我站在講臺上。

今天是我當上慶花祭執行委員會代表後的第二次會議。第一次會議失敗到讓我不願回想。雖說是因為那場會議失敗才召開第二次會議，但就失敗次數而言卻沒什麼改變。

眾多學生的目光集中在我身上時，我的腦袋總會一片空白，完全忘記自己要說什麼。說話自然也會結巴。

我環視教室一周，確定沒人舉手後。

「……那、那今、今天的慶花祭執行委員會就到此結素。」

吃螺絲了。

當下我馬上就發現臉頰開始發熱。天啊，我好想死。坐在後面的男學生和女學生嘴巴動了幾下，雖然聲音很小，我還是能從唇形勉強看出他們在說——「光今天就吃了幾次螺絲啊」。

「會、會議結束，感謝各位參加。」

但我還是想辦法飛快地把話說完，強行中止會議。

太、太好了，今天的會議結束了。不管誰有意見，我都不想再繼續撐下去了。

可能因為忽然從緊張狀態下解放吧——

我的腳底一滑！

正準備走下講臺時，居然狠狠地滑了一跤。

「…………」

教室頓時鴉雀無聲。

誰也沒說話。

我急忙起身，把資料整理好就走了出去，隨後教室裡馬上爆出一陣喧鬧聲。或許是各自竊竊私語的關係，我其實聽不太清楚，但光是斷斷續續聽見的「好遜」、「笑死人了」這幾句話，就是非常嚴重的致命傷了。

不過最讓我難受的是……

冰川老師想交個宅宅男友

「……呃，那個，霧島同學，你沒事吧？」

來到離教室有些距離的走廊轉角時，冰川老師急忙跑過來。

她的表情裡寫滿了關切。

冰川老師完全沒提到我剛才的失態。

因為她知道說起這件事，只會把我逼得更慘吧。

她平常本該是鐵面無私的樣子，最近的這種表情卻強烈表達了擔心我的心情。

我也知道自己很沒用。

所以事到如今，即使會為自己的窩囊而沮喪，我也不會感到絕望。

但被喜歡的女性——被冰川老師看到自己窩囊的一面，就另當別論了。我明明想跟她站在對等的立場，免得讓她看見這一面。

我到底在搞什麼啊……

「嗯，我沒事。只是一點小傷而已。」

我表現得若無其事，努力擠出微笑。

可是這種反應根本騙不了人。我對這樣的自己簡直厭惡至極。

問題還不只這些。

「我們要邀請的配音員，少說也該是星宮志帆那種名人吧。」

「咦……？」

慶花祭執行委員會結束後，我被重野學長叫到大學教室，結果他劈頭就說了這句話。

大學教室裡有很多穿著便服的大學生。

所以一身制服的我變得非常顯眼，讓我很不自在。

但重野學長這句話實在太震撼了，一時間甚至讓我忘了這份尷尬。

「……至少要是、星宮志帆小姐那種等級嗎？」

我覺得星宮志帆小姐是最好的人選。

如果能邀到她就太棒了。

但我也知道這是難如登天的任務。離活動當天已經沒剩多少時間了，她怎麼可能來參加區區高中大學合辦的文化祭呢？行程應該早就排滿了吧。知名度比星宮志帆還高的配音員就更不用說了。

但他居然說要比星宮志帆更有名……這傢伙是認真的嗎？

「呃，那個，我當然也覺得能邀請到最好……但這實在……」

「如果不是這麼有名的人，乾脆就不要找嘉賓來表演。」

冰川老師想交個宅宅男友

重野學長理直氣壯地這麼說。

「我們這些管理階層的人一定要想好這些事，我之前就說過了吧？我想你也知道，學校附近的店家也會來慶花祭設攤。他們是認為慶花祭的人潮能帶來利益，才會特地來設攤。換句話說，我們得邀請知名配音員才行。而且星宮志帆很可愛嘛。」

「話是沒錯……可是我該怎麼……」

「你的工作就是要想出辦法啊。啊，對了，我之後還得忙其他事，大概兩週不會去開會喔。」

「咦？等、等一下。那不就——」

「之後就交給你啦。」

說完，重野學長就跟其他大學生一起走出教室。

我還聽到他們幾個說「等一下要去哪裡玩？」「晚上就要去飛鏢酒吧或運動酒吧啊～」「哎喲，去打麻將啦」。

至於被留在原地的我，只能一臉茫然地看著他們的背影。

想當然耳，問題還遠遠不止於此。

「呃……請、請問這是什麼？」

被重野學長叫出去後，我回到分配給慶花祭執行委員專用的教室時，發現我的桌上出現堆積成山的文件。

回答我的人正是冰山美人學生會長——東条學姊。

東条學姊語帶歉疚地說：

「是你必須審核的文件。我們也想盡可能在學生會處理掉……但這些還是得讓你看過才行。那個，對不起。」

「不，別、別放在心上。如果這些是代表的工作，我會處理。」

「呃，我覺得虧欠你的還不只這些……其實我這個學生會長應該出面阻止重野學長，卻把擔子強加在你身上……」

東条學姊的表情變得很難看。

光是這樣，就能看出這位學姊是個好人。

「妳也別太在意這件事。那個……我覺得應該沒人能阻止他的行為，我自己也沒有當場表達意見，所以我也有責任。總之，既然當上代表，我會盡量努力去做。」

我勉強擠出笑容回答她。

但這些文件數量實在太誇張了。

冰川老師想交個宅宅男友

像我這種不習慣審核文件的人，有辦法處理這麼多嗎？

「那、那個，我有個問題……若是東条學姊的話，這麼多文件要花多少時間才能處理完？」

「我嗎？」

她想了一會兒。

「我想想……大概要五個小時吧。」

「啊？五、五個小時？」

「是啊，五小時左右。就算只有一張，也得跟其他文件核對確認才行……霧島同學，你怎麼了？」

「呃，沒、沒什麼。」

我的嘴角微微顫抖，額頭上也冒出冷汗。

東条學姊是學生會長，應該很擅長審核文件。連她都要花五小時的話……我到底得用幾個小時才夠？

算、算了。如果只有這些，頂多只要花點時間，總是能完成——

「還有，呃，雖然很難啟齒……」

這時。

東条學姊小心翼翼地插嘴：

「這種審核文件的工作之後會越來越多，而且速度快到你無法想像。」

「…………」

我差點就要昏倒了。

◇◇◇

「…………唉。」

喀噠喀噠。

我敲著電腦鍵盤，活像個癱軟無力的上班族。

這是我當上執行委員代表後分配到的電腦。可能因為每年都要使用，型號非常老舊，不過使用上不成問題。反正只會用到文書處理跟ＥＸＣＥＬ這些軟體而已。

當上慶花祭執行委員代表後，已經過了一週。

但到這個時候，我已經快撐不住了。不，與其說是撐不住，「像個無頭蒼蠅般浪費時間」這種說法比較正確。總之時間一分一秒過去，我的工作量卻絲毫沒有減少。

不僅如此……

「那、那個，霧、霧島同學。」

「啊，怎、怎麼了？」

抬頭一看，有個三年級的男學生站在我面前。

是個戴著眼鏡有些怯懦的學長。明明我才是後輩，他說話卻老是畢恭畢敬的。我真的這麼可怕嗎……

這位學長如驚弓之鳥般遞出一張文件。

「抱、抱歉，能麻煩你確認這份文件並簽名嗎？」

「好、好啊，我知道了。我待會兒再看，可以幫我放旁邊嗎？」

「呃，旁邊是指……」

「咦？」

仔細一看，旁邊的桌子同樣堆滿了文件。

每次看到這疊文件，我就覺得愁雲慘霧……這樣啊，已經侵蝕掉一張桌子了呢。

「那我先收下吧。不好意思，謝謝你。」

我點點頭，接過學長遞出的文件。

但這疊文件的高度怎麼會日復一日增長呢？我應該每天都有處理吧？為何還會增加？

這時。

第三章

「霧島同學，你還好嗎？今天也要留下來處理嗎？」

東条學姊悄悄探頭過來。

起初我以為東条學姊很冷漠，其實她是個超級貼心的人。連我這種聲名狼藉的不良邊緣人，她都願意每天開口關心，工作上也幫了我不少忙。老實說，我在她面前都要抬不起頭來了。

儘管如此，工作卻遲遲沒有進展。

「對，我要再留一陣子。畢竟重野學長交代的事還沒做完。」

「這樣啊……千萬不要勉強喔。」

「好，我知道。」

我上個月才因為太勉強自己被冰川老師痛罵一頓。所以我會好好衡量自己的極限。但就算勉強自己，也不曉得做不做得完。

「那我先走了。」

不久後，以東条學姊為首的眾多學生都回家去了。這個時間點，連參加社團活動的學生們也要回家了。這時候回家應該還在正常範圍內，我卻遲遲看不到終點……咦？校舍也熄燈了，而且好像在下雨……？

回過神來，才發現窗外下起了大雨。

冰川老師想交個宅宅男友

置物櫃裡還有一把摺疊傘，所以沒關係……但回去的路上會很麻煩。

可是我還有工作要做，也回不了家。

而且……

「…………」

這裡是分配給慶花祭執行委員的教室，冰川老師就在我旁邊的座位上，行雲流水地敲打鍵盤不停工作。眼鏡後方的雙眼也動個不停，用效率十足的動作依序完成手邊的工作，跟每十分鐘就會分心的我截然不同。

冰川老師是以協助的名義，幫忙慶花祭執行委員會處理大小事。

明明只是協助，冰川老師卻每天都來，跟我一起工作到很晚。她出公差的時數其實比主要協助的那位老師還多。

可是……

……感覺還是遙不可及。

論物理距離，我跟冰川老師只隔了兩公尺左右。

但無論如何，還是能感受到我跟冰川老師的差異。我到底該下多少苦心，才能和這位老師並駕齊驅？我到底能不能追上她的腳步？彼此間的差距太過懸殊，讓我不禁有這個念頭。

……但我還是決定放手一搏。

為了跟冰川老師站在對等的立場。

我就不能因為這點差距而心生恐懼。

不管差距有多懸殊——還是只能繼續往前走。

我知道這只是在虛張聲勢，可是不這樣勉強自己奮發向上的話，我可能現在就想放棄一切了。

「呼……」

我輕輕嘆了口氣，重新看向電腦。

接著，我擠出僅剩不多的集中力，再次投入工作。

在那之後又過了多久呢——

聽到外頭雷聲大作，我才不經意地在電腦螢幕前抬起頭。

看樣子雨勢變得更強，甚至開始打雷了。

往外閃現雷光的同時，我聽到「咿」的一聲。之後每當令人反射性地想縮起身子的巨大雷聲響起時，都會伴隨著「咿」這道微弱的聲音……從剛剛開始就時不時傳來的這道聲音是什麼？

我往旁邊一看，發現冰川老師仍在工作。

物理距離跟剛剛確認過的一樣是兩公尺……嗯？真的是兩公尺嗎？是不是比剛才還近了？是我多心了嗎？

「那個，冰川老師……？」

「怎麼了，霧島同學？」

冰川老師以鐵面教師的模式回答我。

看她那張百思不解的表情，我實在不覺得她會刻意移動座位。那果然是我想太多——

啪嚓！——轟隆隆隆——！

「咿！」——靠近靠近靠近，緊貼。

「…………那個，冰川老師？」

「怎、怎麼了嗎？」

冰川老師現在已經緊貼在我身旁了。

別說兩公尺了，我們之間的距離根本不到十公分。

冰川老師還順勢抓著我的衣襬。真奇怪……到剛才為止還能感受到彼此的差距，現在馬上覺得這個差距消失無蹤了。

總之我開口問道：

「那個，冰川老師，難道妳——」

「我不怕。」

「………」

「我不怕。」

根本不讓我把話講完就急著回答。

若不是完全知道我想說什麼，不可能會有如此快速的反應。參加猜謎大賽的話，她應該能橫掃全場吧。

但冰川老師更用力地抓著我的衣服，依舊渾身發抖。

一看就知道她很怕打雷。

既然如此……身為一位疼愛女友的男友，此刻該做的就只有一件事。

「冰川老師，差不多該回去了吧？學校裡好像已經沒人了。」

從窗戶往外看，除了這間教室以外的所有地方都漆黑一片，連教職員辦公室都熄燈了。

不過這間慶花高中還有警衛在，也不全然只剩我們兩個就是了。

話雖如此，對冰川老師而言，現在雷聲越來越激烈，她應該巴不得趕快回家吧。所以我才如此提議……

聽我這麼說，冰川老師原本想點頭同意。

冰川老師想交個宅宅男友

但在點頭之前，她彷彿忽然想起什麼般咕噥了一句：

「啊，可是我有東西忘在教職員辦公室……」

我們瞄了走廊一眼。

只見眼前的走廊黑得伸手不見五指。

說點題外話，雖然只有一次，但我曾思考過如何區分冰川老師的「教師模式」和「一般模式」。

雖說不到腦力激盪認真思考的程度，但我猜冰川老師換上教師身分時就是「教師模式」，換上女友身分時就是「一般模式」吧……她本人好像沒特別意識到這一點。

不過這也可以理解。說穿了，「教師模式」只是我擅自使用的一種形容，冰川老師當然不可能意識到。

回歸正題吧。

或許是這個原因使然，冰川老師在學校時，基本上都是教師模式。

但有時候她也會在校內卸下教師模式。雖然有各種原因，但其中之一就是在我面前轉換成女友身分的時候，哪怕在學校裡也一樣。

如果要再說出另一個原因——

——就是冰川老師心中的恐慌值突破極限的時候。

「～～～～～～！～～～～～～～～！～～～～～～～～～～～～～～～～～～～～～～！」

從剛剛開始，冰川老師就一直發出亂七八糟的哀號。

理由很簡單。因為外面的雷聲轟然大作。

在那之後，我們在校舍中行走，為的是前往教職員辦公室拿回冰川老師忘在那裡的東西。

校舍裡當然還有照明……但也只有最低限度的照明，所以四處昏暗，感覺非常恐怖。不僅如此，不知是不是跟閃電的距離越來越近的關係，感覺雷聲也逐漸增強了。

我是不怕打雷，即使如此，本能上也不太喜歡。

我之所以能如此鎮靜，是因為冰川老師在我身邊不停發抖。我的手臂被冰川老師緊緊——抱住，整個被埋沒在她的雙峰之中。平常我可能會專心感受這股幸福滋味，但老師的臂力實在太強，我反而一點感覺也沒有。應該沒事吧，不會瘀血吧？

「我、我不行了！我受不了了！我們為什麼要待在這麼恐怖的地方！我想趕快回家啦！」

她已經恐慌過度，有點退化到幼兒階段了。

這根本算不上「一般模式」了。這是冰川老師的新模式，「幼兒模式」。

說到新模式，如果是少年漫畫，得到新的能力就能獲得強化，冰川老師卻只有逐漸劣化的感覺。真是毫無用處的新模式。不過畢竟很可愛，就別計較這麼多了。

「好啦，冰川老師，馬上就要到教職員辦公室了。再撐一下吧？拿完東西我們就回家嘍。」

「……嗯，我會努力。」

冰川老師──不對，真白妹妹淚眼汪汪地點點頭。

真白妹妹緊貼在我身上，努力往前邁進。

但最累人的是，每當外頭閃現雷光時，真白妹妹就會說「什、什麼時候？雷聲什麼時候來？什麼時候來？」且緊張兮兮地在原地乾等。雷聲大作時又會發出「咿呀啊啊啊打雷啦啊啊啊！」這種聲音，幾乎沒辦法前進。太可愛了吧。

然而教職員辦公室映入眼簾後，真白妹妹就小跑步向前跑去。

看起來就像「我家寶貝大冒險」一樣。只見真白妹妹直直往前衝，彷彿看到了要找的東西。糟糕，她的成長讓我熱淚盈眶，完全看不到前面了。

不過真白妹妹並不是因為克服了雷聲的恐懼才會衝出去。

冰川老師想交個宅宅男友

走進教職員辦公室後，雷聲忽然減弱。真厲害，雖然不知道是什麼原理，但可能是因為教職員辦公室的隔音設備不錯吧。

進入教職員辦公室後，應該就能安心一點了。

她彷彿大功告成般用襯衫擦了擦額頭。

「呼……把忘記拿的東西拿完就回家吧。在學校留太晚也不好。」

「…………」

我是不是該說點什麼比較好？

正當我心生猶豫之際，真白妹……不，冰川老師為了從座位上拿回忘了的東西，打開了抽屜。

看到這一幕時，某個東西映入了我的眼簾。

「…………咦？」

我無言了。

這在教職員辦公室可能是稀鬆平常的場景，或許所有老師都會這麼做。但對我來說，這一幕實在太震撼了。

冰川老師的抽屜中放著好幾本筆記，每一本都寫著我們這些學生的名字。

這些筆記意味著什麼？

雖然沒有明講，但我勉強能推測一二。

我想起以前跟冰川老師的對話。

——可、可是，那不就得找出我到底卡在哪一關嗎？老實說，我連自己哪裡不懂都搞不清楚，連卡在哪一關都無法掌握……

——這倒不用擔心。

——我已經從過去的教學過程中找出你的弱點了。

當時我還以為，冰川老師只把我當成特別的存在。

但要是我會錯意了呢？

如果冰川老師會對所有任教的學生都一視同仁呢？

這樣的話，我不就——

就在此時。

「吶，霧島同學，你別逞強喔……？」

冰川老師忽然用一般模式的口吻這麼說，並盯著我看。

被那雙溫柔體貼的眼眸這麼一看，感覺好像要把所有真心話都說出來了。

但我想盡辦法擠出笑容說：

「沒、沒事，冰川老師，我沒在逞強。」

冰川老師想交個宅宅男友

「真的嗎？受不了的話要說喔。沒必要自己撐著。」

「唔。」

冰川老師說了如此貼心的話。

光是這句話，我那瀕臨極限的情感差點就要潰堤了。不行，我配不上她，應該有更適合她的人才對——這股念頭不停在腦海閃現。

「老、老師，其實……」

就在我終於忍不住要說出這些話時——

「唔！」

外頭閃過一道強光後，雷聲再度劈落而下。

不只是冰川老師，這次連我都渾身一震……嚇、嚇死我了。我完全忘記外面在打雷，才被這突如其來的雷聲嚇個正著。

可是——

「「啊……」」

由於剛剛注意力被雷聲拉走，我這才發現冰川老師淚眼汪汪地看向窗外。

外頭的雨勢比剛才更強了。

或許是因為如此，雖然速度緩慢，但校舍玄關處漸漸被雨水侵蝕。那裡還放著別班同學

為了籌備慶花祭製作的各種道具——

說時遲那時快。

「唔！」

冰川老師急忙地衝出教職員辦公室。

咦？怎、怎麼了？我跟在老師的身後跑出去——但也隱約察覺到她前往的方向。

果不其然，冰川老師的目的地就是校舍玄關處。

為了避免被雨淋濕，冰川老師將道具拖進校舍內，卻因為害怕雷聲遲遲沒有進展。既然如此，我該做的就只有一件事。

「冰川老師！我來搬吧，妳回去校舍裡面！」

「對、對不起，霧島同學！」

「沒事，別這麼說！」

能幫上冰川老師的忙我自然高興，當然不成問題——可是這個道具未免太重了吧！可能是因為我本來就缺乏運動，但這個道具幾乎跟我一樣高，沒有想像中這麼容易。

即使如此，我還是用盡吃奶的力氣，將道具拉進不會被雨淋濕的範圍內，隨後便累得癱倒在走廊上……不行了，我暫時不想再幹體力活了。

「辛苦了。謝謝你，霧島同學。」

「不，我還好……冰川老師妳呢？」

「？沒事啊，怎麼了……？哈、哈啾！」

冰川老師的襯衫已經被雨淋得濕答答了。

由於我是中途接手，沒有淋得太濕，但冰川老師是在最容易淋到雨的時候把道具拉回來的……難怪她會淋成落湯雞。

「冰川老師，趕快回教職員辦公室吧。這樣會感冒。」

「也、也是。哈、哈啾！」

可惡，要是這時候我有帶可以披在她身上的外套就好了，但現在穿的是夏季制服，當然不會帶那種東西。該怎麼說，我在這種時候真的很不走運耶。

「但幸好大家的成果沒有白費。」

「咦？」

「你想想，大家做得這麼努力，要是被雨淋濕讓一切泡湯的話，就太可惜了吧？幸好沒釀成這種慘劇。」

「——我還是希望大家在慶花祭只留下美好的回憶。」

……啊，原來如此。

雖然大概能猜出冰川老師此舉的理由，但聽到這句話，才終於確定下來。

儘管害怕打雷，自己也會被雨淋濕，她還是奮力守護學生製作的道具。因為她一心一意想讓學生只留下美好回憶。

……果然沒錯，冰川老師就是這種老師。

那……

「慶花祭如果圓滿落幕，冰川老師會開心嗎？」

「咦？嗯，那是當然……怎麼了嗎？」

「沒什麼，只是再次確認而已。」

「？」

聽我這麼說，冰川老師一臉驚訝地歪著頭。

但是，光有這個答案，對我來說就足夠了。

我根本不知道要用什麼方法邀請有知名度的配音員，也不懂會議流程。若要將問題一一列舉，恐怕會沒完沒了。

儘管如此，我心裡湧現出想讓慶花祭成功的念頭了。

或許有機會見到配音員。跨足新領域，可能也會離「大人」更近一步。最重要的是，若

冰川老師想交個宅宅男友

能讓冰川老師開心——我就只能全力以赴。

我握緊拳頭。

雖然我還不知道要如何是好。

光憑我這點程度的能力，感覺一切都束手無策。

但在我眼中總是優秀幹練的冰川老師，應該也不是一開始就能做好每件事。

她是用剛才看到的那些筆記，進行分析和反覆嘗試。正因如此，冰川老師才能給出適切的指導。因為冰川老師自己也說：

——**所以，要提升霧島同學的成績，乍看之下不太容易，其實很簡單。**

——**只要把卡關的部分重新搞懂，就能順利進行到現在正在學習的章節。**

——**光靠這個方法，你就能進步。**

冰川老師說過這些話，而這一定是實踐後的成果。

相較之下，我又做了什麼？

像我這種人，要是不經歷反覆嘗試，根本不可能完美勝任代表的工作。

即使不知道從何下手，但總會有適合的方法。

我才會再次確認自己應該拚命追趕的那道背影。

◆
◆
◆

「咦？真白老師，今天也要去執行委員會啊？」

「是呀，我畢竟是協力顧問嘛。」

慶花祭執行委員會開始運作後，過了一個多星期。

手邊事情告一段落後，我便離開教職員辦公室。

我的目的地自然是分給慶花祭執行委員會使用的教室。

但來到教室後，我並沒有馬上走進去。

我將教室窗戶推開一個小縫往內看。

對象當然是我的男朋友——

「妳也要找拓也哥嗎？是要過度保護到什麼程度？」

「唔！」

我嚇了一跳連忙回頭，原來是小櫻同學站在身後。

小櫻木乃葉同學。她是霧島同學當前住處的房東女兒，也是霧島同學的童年玩伴。

儘管從霧島同學口中聽過她的事蹟，但我前陣子才終於有機會見到她。她也是知道我們是情侶關係的少數人物，可是……小櫻同學過去從未在校內跟我搭話。到底怎麼回事？

小櫻同學當然沒有回答我的疑問，只是打從心底毫無興趣地說：

「反正妳就是在擔心拓也哥吧……沒問題啦。」

「好像是呢。感覺他最近很努力。」

有段時期他真的非常辛苦。

但他最近變得很有行動力，感覺已經跳脫那段時期了。

雖然他一直在摸索方法並反覆嘗試，不過確實一步步往前邁進了。如今他會積極與其他學生溝通，工作進度似乎也逐漸踏上軌道。

這副模樣，跟前陣子K書集訓時很像。

小櫻同學瞇起眼睛，用有些懷念的眼神看著在教室裡奮鬥的霧島同學。

「冰川老師，妳太小看拓也哥了。」

「或許吧。畢竟他以前還主動跟我告白，讓我接受他的心意。」

「唔哇，煩死了，居然放閃。」

小櫻同學露出厭煩的表情，我卻只是輕輕笑了幾聲。

是啊，沒錯。

霧島同學不會輕言放棄。對這一點感觸最深的人就是我自己。

但我還是會像這樣，帶著過度保護的心情在遠處默默守望他。根本沒必要這麼做，我應

該最明白這一點才對。

我們之間還有一步，問題依然堆積如山。

可是我有種感覺。雖說極其微弱，但我確實聽見了齒輪開始慢慢轉動的聲音。

「……對了，小櫻同學怎麼會來這裡？是說，妳怎麼會對霧島同學的情況這麼清楚？」

「只、只是恰巧猜到的啦。」

冰川老師想交個宅宅男友

第四章

「我不知道要怎麼找配音員來！」

午休時間，學生輔導室。

我跟平常一樣和冰川老師在這裡度過午休時，大言不慚地這麼說道。

感覺有點像在擺爛，但我也無可奈何。雖然代表的工作最近有慢慢上軌道，可是唯獨這件事實在毫無頭緒。

冰川老師用手抵著下頷，疑惑地說：

「是啊，要怎麼找配音員來呢……？你有上網查過嗎？」

「啊。」

這個選項太過理所當然，我根本沒想過。對啊，上網查一查說不定就能找出方法。

冰川老師露出苦笑，可能是看到我的表情了吧。

「那跟老師一起查吧，我正好有帶筆電。喏，過來。」

「好、好的。」

冰川老師拍拍隔壁的座位，而我戰戰兢兢地挪了過去。

……不過，冰川老師果然很美。她的側臉我應該看過無數次了，但光是離她稍微近一點，就讓我心跳加速。感覺好像還有股香味。

「嗯，怎麼了？」

「呃、沒有，沒事。」

冰川老師不解地盯著我的臉問，我急忙搖搖頭。

難得冰川老師願意陪我一起找資料，我得振作一點。

現在不是對冰川老師怦然心動的時候。

雖然對我的態度有些疑惑，冰川老師還是打開了筆電。

「那就來查查看吧……啊。」

她上次用電腦的時候，應該是查完資料就直接把螢幕關起來了吧。從休眠狀態重新啟動的電腦畫面出現了這麼一行字。

「讓小男友神魂顛倒的接吻技巧」。

「咦？這是……」

「沒、沒有！」

啪噠！

冰川老師連忙將筆電闔上，連耳根子都發紅了。

「這、這是，那、那個……只、只是搜尋的時候碰巧連到的網站。我、我完全沒有這種意圖喔。」

「只、只是碰巧嗎？」

「沒、沒錯。只、只是碰巧。」

冰川老師點頭如搗蒜。

她那矢口否認的模樣一看就知道是在撒謊，但我決定還是暫時保持緘默，哦，這樣啊～原來如此。冰川老師還去查了接吻技巧啊……

「好、好了，別管這些，先來查資料吧……啊，你看，果然有啊。這個網站怎麼樣？」

「我、我看看……」

冰川老師指著某個網頁這麼說，臉上還殘留了些許紅暈。

我稍微將臉湊近一些，觀看那個網頁的內容。

「呃……看來得向經紀公司的官方網站呈交企畫案呢。還得標明演出酬勞跟能召集到的人數……唔嗯。」

真的假的，還要提交這些資料喔？

不，我能理解這些資訊對經紀公司是基本中的基本，可是我該如何蒐集？問學生會長東条學姊能得到答案嗎？

「要交企畫案的話就麻煩了。你一個人應該很難完成。」

「對啊……」

「嗯，這件事我會幫你，但頂多只有最終審核而已喔。」

「咦？真、真的嗎？這樣也幫了我不少忙。」

打從出生以來，我從來沒寫過企畫案。

明明沒寫過，卻要把初體驗貢獻給這麼大規模的舞臺表演。在不允許失敗的狀況下，光是願意幫我進行最終審核，我就要謝天謝地了。

「企畫案在某種程度上可以套用範本……重要的是，你要將必須事項寫得簡潔易懂。」

「所以大部分的內容都要寫得簡單點嗎？」

「沒錯。這樣的話，重要的就是想邀請誰過來做什麼……」

「那還不簡單！」

我從座位上起身，大聲宣言：

「我想邀請星宮志帆小姐演唱劇場版動畫主題曲！這樣就夠了！」

冰川老師想交個宅宅男友

「啊，要請她演唱歌曲的話，可能得額外付費給日本音樂著作權○會喔。」

「真的假的！」

光是邀請配音員應該就得花不少錢，還得額外追加費用？我哪有那麼多錢。

星宮志帆小姐配音的劇場版動畫主題曲紅到不行。

就算沒看過動畫，也會聽過這首歌。這首歌就是這麼紅。

所以我才希望她能獻唱……原來如此，要花錢啊。這樣就束手無策了。

「那、那請星宮志帆小姐為她有參與的當紅動畫現場配音呢！」

「這樣還得徵求該作品的版權，可能很困難吧……」

「是、是嗎……」

既然如此，要請她提供什麼表演才是最好的選擇呢？

我想看的表演大多會牽扯到版權或花費，不容易達成……嗯～沒想到還挺困難的呢。

「順帶一提，冰川老師想邀請誰……啊，之前有聽妳說過呢。」

「嗯，我的第一人選當然是這個。」

冰川老師像之前那樣，哼著「感覺好像♪解謎一樣♪」並跳起舞來。真可愛。

「但這也會牽扯到版權問題，應該很難吧……」

「是啊。這一點可能也該稍微考量一下。」

「對啊……」

對我來說，這真是個意想不到的陷阱。

畢竟我以為表演項目馬上就能定案。

結果跟冰川老師一同度過的這段時間，還是沒做出結論。

◇ ◇ ◇

「應該沒辦法……再撥更多預算了吧？」

「是的。」

放學後。

這裡是分配給慶花祭執行委員會的教室。

我找東条學姊討論預算事宜，她馬上板一張臉給我看。

沒有錢萬萬不能，所以我才來找學生會長東条學姊商量。

「先說結論吧。我們很難再增加預算了。」

「我想也是……」

聽到預期中的答案，我沮喪地垂下肩膀。

冰川老師
想交個宅宅男友

這是當然的。每個環節都需要錢，自然不可能只為主舞臺的壓軸表演砸下重金。

「你會來找我談這件事……表示錢不夠嗎？」

「是啊，沒錯……呃，完全不夠用。」

我老實回答。東条學姊沉思了一會兒後——

「要不要跟參加者徵收費用呢？還是要想想其他表演項目？」

「我也有想過，只是……全都被重野學長駁回了。」

他說第一種方法雖然能獲取金錢，但來客數也會減少。

用參加費來填補資金空缺的話，金額應該相當可觀。雖然能理解他的顧慮……但我實在不懂他為什麼對參加人數這麼執著。

附帶一提，他覺得我想的其他項目都不有趣，所以駁回了。

「重野學長為什麼對參加人數這麼執著？」

「這……」

「妳知道原因嗎？」

這單純是我的疑惑，但若能掌握情報，徵求重野學長同意的可能性或許也會增加。

我直盯著東条學姊看，她便嘆了口氣。

「雖說這些都只是傳聞……不過聽說重野學長想到天宮商事任職。」

「天宮商事……呃，那是什麼？」

「是很有名的公司，你不知道嗎？我以為經常會在街上看到。」

「不、不好意思，我沒有這方面的興趣……」

「也是啦。畢竟他們基本上算是ＢｔｏＢ公司，沒聽過也正常。」（註：指「企業對企業」的經營模式）

「ＢｔｏＢ？哦哦，ＢｔｏＢ啊，那很有名啊。我放學之後經常會去。」

「……呃，你把它想成年收入很高的公司就好了。」

東条學姊不知為何露出憐憫的眼神，但聽她這麼說，我總算明白了。

原來商社是這種公司啊！而且年收入很高，這件事我得好好記起來。

也就是說，重野學長想到那間年收入很高的公司任職嗎？

可是這跟慶花祭有什麼關聯？

見我一臉疑惑，東条學姊可能發現我沒聽懂，又補了這麼一句：

「我有個大學剛畢業的姊姊，所以對求職這方面略知一二……求職的時候，應該說天宮商事特別注重在校表現……就是在學生時代努力過的證明。所以重野學長才想取得實質表現吧。」

「呃……所以他是想在求職時讓對方留下好印象，才想在慶花祭取得實質表現？」

冰川老師想交個宅宅男友

什麼嘛。是說，找工作的時候還得這麼麻煩啊？雖然我本來就不想找工作就是了。

「就是這樣。所以他才想打破第一百屆慶花祭的紀錄。」

「第一百屆慶花祭？」

「啊，你不知道嗎？第一百屆慶花祭那一年稱得上傳說等級了，非常有名呢。」

「抱、抱歉，是我孤陋寡聞……」

畢竟我朋友不多，實在無緣打聽到這些資訊。

「不用道歉啦……簡單來說，在歷屆慶花祭中，那一年也是來客數最多的一年。第一百屆本來就因為具有紀念性而盛大舉辦……但某部作品動畫化的時候正好提到了慶花祭。最近好像也在續集中提到了慶花櫻花祭呢。」

「啊——」

身為宅宅，我當然知道這件事。

沒想到那個迴響是發生在傳說的那一年。

我跟冰川老師原本打算在慶花櫻花祭約會，最後卻無法成行，所以我印象很深刻。那陣子發生了不少風波，讓我不得不思考如何和冰川老師交往。

「重野學長想打破傳說那一年的來客數紀錄……？」

「似乎是呢。」

終於明白重野學長為何對來客數這麼執著了。

可是這……應該很困難吧？

要讓慶花祭大獲成功，大學生的協助必不可少，但大學那邊又是重野學長在掌控全局。他為了讓自己求職順利，渴望達成超越傳說的來客數。只要能成功邀請到星宮志帆，或許就有一絲可能性，但目前資金也不足。

換句話說，只要有錢就能解決……應該說，或許能成為解決的線索，不過對高中生來說，卻是最難解的問題。

「我覺得提出其他方案比較實際。再想想看吧。」

「也是……」

只能這樣了。

放棄邀請配音員，再想個能讓重野學長接受的有趣方案比較好吧。

畢竟這種方式有建設性多了。

「……如果輕輕鬆鬆就能讓他點頭就好了。」

此處依然是分配給慶花祭執行委員會的教室。

冰川老師想交個宅宅男友

我在自己的座位上輕輕嘆了口氣。

他怎麼可能會點頭嘛。

就我個人而言，我雖然得知了重野學長的求職計畫……但能博得冰川老師歡心的活動，最好的方法當然還是邀請配音員。

那我該做的就只有一件事。

心裡雖然明白……可惡，我到底該怎麼做啊——

「霧～島～？喂，你有在聽嗎，霧島？」

「唔哇，嚇、嚇我一跳。」

忽然有個東西擋住了我的視線，原來是夏希雙手扠腰站在我面前。光看表情就知道她不太高興。

「呃，那個……怎麼了，夏希？」

「還問我怎麼了？我剛才打電話給你，你都不接。特地跑來這裡跟你講話，你也完全沒發現。真是累死我了。」

「抱、抱歉。」

我看了看手機，發現夏希確實打了很多通電話。

可能因為我在想事情才沒注意吧。

這時我才終於發現，這間教室裡的學生都直盯著我們看。夏希雖然是慶花祭執行委員，但主要是負責二年二班的活動項目籌備，所以很少來這間教室。正因如此，這位學年第一美少女難得出現，才會吸引眾人的目光吧。

為了不被外人聽見，我低聲說道：

「所以，呃……找我幹嘛？」

「想請你跟我走一趟。現在有空嗎？」

「啊——」

老實說我現在根本沒空，代表份內該做的工作還堆積如山。

但現在進度正好卡關，暫離一下應該無妨。

「應該可以離開兩小時左右……妳要做什麼？」

「敬請期待。」

夏希留下這句意味深長的話後，就拉著我的衣服走出去。

那就沒辦法了。

於是我跟夏希一起走出教室。其他學生都露出充滿好奇的眼光，讓我有種如坐針氈的感覺。

「對了，你是不是很慘啊？」

冰川老師想交個宅宅男友

一走出教室，夏希就一臉嚴肅地盯著我看。

「你好像非常苦惱，還忙到沒注意到我的電話吧？我才想說你在慶花祭執行委員這方面是不是出了什麼問題。」

「沒接電話真的很抱歉。」

我偷偷瞄了身旁的夏希一眼。

「呃，是啊……妳猜的沒錯。進度方面、確實、有很大的問題。」

「果然是因為邀請配音員這件事？」

「對。」

這時我忽然想到一件事，確認四下無人後，我才開口問道：

「這麼說來，那個……夏希，妳有認識配音員嗎？」

「認識配音員？……可能是志帆吧……如果是星宮志帆的話，與其說是認識，不如說我們是朋友。前陣子我們參加同一場派對，年齡也相仿，所以就熟絡起來了。現在偶爾也會一起出去玩。」

「真的假的！」

她、她跟那位星宮志帆是朋友嗎！

咦？那我想跟她要簽名——不對。

難不成這是天大的好機會嗎！

「那個，夏希……不，夏希大大！」

「咦？你、你幹嘛啊？幹嘛突然這樣？感覺很噁耶。」

夏希誇張地往後退，用雙手抱住自己的身體，感覺快要嚇死了。

她說的這些話雖然很過分，但現在沒時間在乎這些了。

我抓著夏希的肩膀，幹勁十足地全力請求。

「這是我這輩子唯一的請求！請介紹星宮志帆小姐給我認識！」

「等、霧、霧島、肩膀……呃，咦？要我幫你介紹志帆？」

「對！」

我用力點頭。

結果夏希瞇起眼睛瞪著我看。

「哦～想讓我介紹志帆給你認識啊……感覺動機不純喔。」

「啊，不，當然不是我自己想見她喔？只是想邀請她來慶花祭——」

「我知道啊……但真的只有這樣嗎？」

「…………」

「你為什麼不敢看我！」

冰川老師想交個宅宅男友

難怪她會這麼問。

想邀請她來慶花祭當然是最主要的原因，但以一名粉絲而言，能實際見到本人當然會覺得興奮不已。

「……算了，先不管你的邪念。真的要邀請她的話，我覺得不太容易喔。時間這麼趕，她的行程當然沒辦法配合，最重要的是，你拿得出酬勞嗎？行程方面……其實志帆之前說過想來慶花祭玩，或許還有辦法解決，但總不能因為是朋友關係就不拿錢吧？」

「是啊……」

我沮喪地垂下肩膀。

縱使心裡有數，但天底下確實沒有這麼好的事。

我還以為找到一絲希望了呢……結果又回到原點。

說著說著，我們好像抵達目的地了。

夏希不停推著我的背。那個地方就是——

「咦？教、教室？」

「好了，別抗拒別抗拒。來，霧島進來嘍～」

「咦？等、等一下！」

夏希用更強硬的態度將我推進教室。我下意識想抵抗，卻一點用也沒有，就這麼緩緩被

第四章

推進二年二班的教室裡。

想當然耳，二年二班的同學都在教室裡籌備慶花祭的工作。

看到我被夏希硬拉進來後，同學們都停下手邊工作變得目瞪口呆，卻也沒有持續很久。

畢竟夏希再次推著我的背，將我趕進教室後方被布簾隔離出來的空間裡頭。

這正好是個只能容納兩人的狹窄空間。

只要我跟夏希進來這裡，不管擺出什麼樣的姿勢，都勢必會碰到彼此的某處肌膚。

可能是因為在這種地方兩人獨處，我莫名覺得心跳加速。

但對方是夏希，也不會發生什麼奇怪的事啦。

她是班上最可靠的中心人物。先不論她進入作家模式時狀況如何，這裡有這麼多同學在，她應該不會做什麼怪事——

「霧島，能把衣服脫了嗎？」

「……啊？」

我沒聽懂夏希這句話，下意識反問。

夏、夏希剛才說了什麼？

我沒聽錯的話，她是不是要我「把衣服脫了」？

「哎喲，我叫你脫衣服啊。沒時間了，快點。」

冰川老師想交個宅宅男友

「呃，不不不！夏希，妳在說什麼啊！幹、幹嘛忽然要我脫衣服！」同學們就在外面耶！

「啊？你問我在說——啊，呃，不是啦！我等等是要讓你試穿店員的制服！別、別想歪好不好！」

「店、店員的制服？」

我不明所以地反問，夏希就點點頭說：

「對啊。班上決定要辦讀書咖啡廳……看你的反應，難道還不知道這件事嗎？」

「……對、對不起。我一直在忙執行委員的工作。」

「算了，沒差。畢竟班上的事由我負責……但一直忙這些事，你不就沒得享受了嗎？」

夏希拿起店員制服，勾起一抹微笑。

「霧島，你這次好像非常努力。你想想，怎麼能讓努力半天的人完全享受不到活動的樂趣呢？這可是難得的慶花祭，跟班上同學留點回憶也不錯啊。哦，應該是這件吧。好了，霧島，趕快脫衣服換上這件吧。」

說完，夏希就把店員的制服交給我，隨後便離開隔離區——我猜這裡應該是被設置為更衣室吧。

但我能感受到她就在外面待命。

我一邊換衣服一邊說：

「該怎麼說……謝謝妳。」

雖然跟去年的理由不一樣，但我今年還是跟班上脫節了。

所以能像這樣和同學們牽上線，儘管有些強迫性質，我還是挺高興的。

「嗯，別客氣啦。畢竟我也欠你很多人情。」

但不知是因為四下無人，還是因為說得很小聲，夏希用回原本的語氣這麼說，絲毫不擺架子。

「所以這算是我的回禮啦，別放在心上。」

「這樣啊。」

那我暫時就不想這麼多了。

不過還是得找機會謝謝她才行。

「霧島，你換好了嗎？」

「嗯。」

「那我進去嘍……嗯，沒想到還不錯嘛。」

夏希走進更衣區後，仔細打量我穿著店員制服的模樣。

店員制服是在白襯衫上再罩一件黑色背心。

我也從鏡子裡端詳自己的打扮……嗯，雖然有點自賣自誇，但好像滿適合的？覺得自己像個咖啡師，是不是有點得意忘形了？

但就在這時，夏希的視線移向我的瀏海。

「只不過……髮型有點陰沉，要不要梳上去看看？」

「是嗎？我滿喜歡這個長度耶……」

「咦～梳上去一定比較好看啦。來，就像這樣。」

說著說著，夏希就伸出她那纖細又嬌小的手指。

手指滑過額頭時的酥麻感讓我微微扭過身子。

夏希卻不以為意，繼續用手梳起我的頭髮……不知為何，她忽然停下動作。

嗯？幹、幹嘛？發生什麼事了？

夏希卻呆呆地看著我，依舊僵在原地。

「吶，夏希，怎麼了……？」

「呃，沒事。結、結果哪種髮型都沒差嘛！」

「什麼嘛……不要亂撥我的頭髮啦！」

「好，這樣就ＯＫ了，你當天就穿這個尺寸吧。那我把你排進第一天早上的班表喔。」

把我的頭髮亂揉一通後，夏希就把寫著班表的紙遞給我。

第四章

到底怎麼回事？我這麼心想，夏希卻沒對這奇怪的舉動多做解釋。既然她沒特別說什麼，應該就不是什麼大事吧。

「這樣就行了吧。」

夏希判斷工作完成後，我便準備走出狹小的更衣區。

但在那之前。

「等、等一下。」

「唔嗯！」

夏希抓住我的襯衫衣領，害我發出青蛙被壓扁似的聲音。

「幹、幹嘛忽然拉我啊！」

「啊，抱、抱歉。但我想再留你一下……喏，這給你。」

「一疊紙……？這是什麼？」

「我的新作原稿。」

「真的嗎！」

夏希上個月辛辛苦苦寫下的原稿！咦？怎麼會出現在這裡？

見我瞪大眼睛，夏希將臉別向一旁咕噥：

「該、該怎麼說……我剛才也說了，因為想感謝你的幫忙。所以，這個就當作回禮吧。

冰川老師想交個宅宅男友

畢竟還沒上市，你要小心點喔。」

「啊、啊啊！可是，唔哇啊啊啊，天哪！新作原稿耶……」

我感動得不得了，夏希臉頰微紅地看著我。

「太、太蠢了吧，看到我的原稿居然這種反應……」

「妳可能忘了，但我可是妳的粉絲啊，當然會有這種反應。糟糕，今天不用睡了……」

「好好好，我知道你很開心。希望你也能改一下平常對我的態度。」

夏希有些不耐地揮了揮手。

但連我都看得出她只是在掩飾害羞。

「希望銷售長紅。」

「對啊……雖然銷量好我也很開心，可是這實在說不準啊。」

「是嗎？」

夏希，不對，赫爾布拉德老師的前一部系列作賣得非常好。

所以，就算這部系列作賣得好也不足為奇。

「最近出版的作品數量很多，競爭很激烈啊。就算上一部系列作成績不錯，也不代表這一部會賣得好。因此宣傳方面也很重要……但責編也說想不出什麼好點子。」

「這樣啊，好辛苦喔……」

我是消費者，對這些業界消息不甚了解，但應該還有很多難處吧。

比如一些戰略或計策，只是現在沒說出口而已。我認為要匯集許多人的想法，才能造就出一本書。

所以我這門外漢只能說出這種話。

「是下個月上市嗎？真令人期待。」

「嗯，謝謝。」

夏希露出一抹微笑。

最近我被慶花祭執行委員的工作搞得身心俱疲。

但光是知道能看到這份原稿，我鬱悶的心情似乎就一掃而空了。

於是我回家後。

我在家裡讀著夏希給我的新作原稿。

「……哇，有夠好看。」

原本只打算看一下下，回過神才發現全部看完了。如今我心中滿是傷感。

如我先前所說，夏希的新系列作是青春主題。

或許也可以被歸列為輕文學這類作品。

不過……即使是這麼精采的故事，也可能會賣不好啊。

雖然知道故事精采不一定會賣得好，但身為一名讀者，還是覺得很難過。明明還有好多部未完待續的作品呢。

不過這也不是我該擔心的事吧。

這是夏希或責任編輯這些比我更專業的人們要拚命思考的事。像我這種人，擔心也無濟於事。

「不過，這個女主角感覺好像星宮志帆喔……」

在配音員當中，有些人總會為屬性類似的角色配音。

所以從角色聯想到某位配音員也是常有的事……但這只是偶然嗎？夏希說她們是朋友，以她為原型撰寫或許也不奇怪。

「……我該怎麼辦才好呢？」

慶花祭主舞臺的表演項目。

我有種幻覺，彷彿「時限」這個不可見的鐵籠正逐步縮小逼近。

如今雖然還能裝出鎮定的模樣，但我不知道能維持到什麼時候。

完全想不到好點子。

第四章

也想不出籌錢的方法。

啊——要是這時候恰巧碰見石油王，出現某種奇蹟讓他出資就好了——

「……啊，咦？」

這個愚蠢想法浮現的瞬間，忽然跟腦海中的某個東西牽連起來。

什麼？我剛才是聯想到什麼了？

石油王？恰巧？出資？感覺這裡有點線索……

「啊……」

太蠢了吧，居然希望能遇見石油王，這想法有夠荒唐。

但有個點子比遇見石油王的可能性更高一些。

回過神來，我已經撥電話給冰川老師了。

我這想法有可能實現嗎——還是會被她一笑置之呢？我就是為了確認這件事，才會打電話給她。

沒過多久，電話就通了。我興奮無比地開口說道：

「冰川老師！石油王！找石油王出資就可以了！」

『你、你在說什麼啊！』

電話另一頭的冰川老師發出驚訝的聲音。

糟糕，我還沒把思緒統整好，就忍不住說出來了。

但這並未澆熄我的興奮之情。總之我先把結論說出口。

「就是慶花祭的事！既然資金不夠，那請資金雄厚的人幫我們出資就好了啊！」

換句話說，就是贊助商。

但我當然不可能遇見石油王。

所以要找符合本次活動條件，規模更小——但在我們這些執行委員看來還是資金豐厚的存在。

於是我將這好不容易才發現的方法說了出來

這足以讓我們起死回生了。

「我想說的是，由我們這些慶花祭執行委員去找願意贊助的企業！」

◇◇◇

「……沒想到真的變成這樣了。」

「雖然提議的人是我，但我也嚇了一跳。」

某天放學後。

第四章

我跟冰川老師穿著制服和套裝這種上課的裝扮，搭上開往東京的電車。

平常要是穿著一看就知道是師生的衣服單獨搭車的話，可說是相當危險……但唯獨今天，我們擁有正當無比的理由。

那就是前幾天說的「尋找願意贊助的企業」這件事。

我們真的是前陣子才開始找的，沒想到這麼快就有企業想打聽細節了。

所以我要以代表身分，冰川老師則是陪同教師的身分，一同前往某間企業。

但我也不是在毫無準備的狀況下才說出那種話。

我心裡姑且是有鎖定幾間企業……但進度未免也太快了吧。

「不、不過，還是會緊張耶。」

「冰川老師，妳也會緊張喔？」

我還以為她的心是鐵打的呢。

「這話什麼意思？」

冰川老師切換到教師模式，對我微微一笑。

我馬上看向別處……還是可以感覺到有股銳利的視線一直刺向我的臉頰。嗚嗚，好可怕喔……

不過我完全能理解冰川老師緊張的心情。

冰川老師想交個宅宅男友

畢竟在某種意義上，對我跟冰川老師這種宅宅來說，那是非常特別的地方。

我們準備前往的，正是輕小說的出版社。

「……到了。」

「……到了呢。」

如今我們站在位於飯田橋的某棟大樓前。

我們依照事前預約的信件所示，在櫃檯辦完手續後，聽從廣播搭乘電梯抵達會客室。

最後我們抵達的是——

「哦哦……」「嗚哇……」

看到眼前排著滿滿的輕小說，我跟冰川老師不禁發出了微弱的讚嘆聲。

不僅放滿了過去的名作到最近流行的輕小說，螢幕上還在播映前陣子的新番動畫。除此之外還貼了各式各樣的海報，讓人不由得興奮起來。

「冰、冰川老師！妳、妳看！咦？是兄長大人耶！那邊還有阿克婭大人跟席德耶！」

「冷、冷靜點，霧島同學。我們是來談事情，不是來玩的喔。」

嘴上雖然這麼說，但冰川老師也是興奮難耐，完全表現在臉上了。

在我們談話期間——

「哦～原來霧島同學喜歡這個啊。原來如此原來如此，跟之前聽說的一樣呢～」

背後忽然傳來一個聲音。

我回頭一看，後面站著一名可愛的女性。

她有一張帶了點淘氣感的燦爛笑容，一頭長度及肩的黑髮。儘管看上去不像大學生，但一字領上衣跟緊身褲的搭配，讓她渾身上下充滿了成熟的韻味。就算妝容素雅，還是能充分顯現出原本的美貌。

雖說冰川老師比較可愛，但這名女性也很美。

「那個……請問妳是？」

冰川老師站在我眼前這麼問，這名女性便露出天真無邪的笑容，像個孩子一樣。

「啊，抱歉，我還沒自我介紹。我是赫爾布拉德老師的責編，敝姓蒼崎。今天請多多指教。」

說完，這名女性——蒼崎小姐便將名片遞給冰川老師。

見狀，冰川老師也馬上跟她交換名片。

但交換名片的時候，蒼崎小姐用意味深沉的眼神瞄了我一眼。

那個視線，就是對我和赫爾布拉德老師——也就是夏希的關係完全知情的人的眼神。

冰川老師想交個宅宅男友

沒錯。這次是透過夏希牽線，才能與出版社進行面談。

請夏希幫忙主要有兩個理由。

她有辦法接洽到出版社這種企業。

另一個原因則是——

「今天要談的主題，是赫爾布拉德老師的新系列作與慶花祭合作的事宜吧。」

被帶到會議室後，我跟冰川老師和蒼崎小姐面對面就坐。

順帶一提，這次我對冰川老師撒了點小謊。

我跟夏希約好，不能透露她是輕小說作家的實情。

但要是連赫爾布拉德老師跟慶花高中的關聯性都隱瞞的話，就很難對冰川老師解釋了。

所以我告訴她，在眾多企業當中我希望拉到出版社的贊助，聯繫後才偶然發現赫爾布拉德老師是慶花高中的畢業生，同時也發現她要出新系列作。於是我提議讓新系列作和慶花祭來個聯名活動，對方就想詢問相關細節……

雖然用了一大堆離譜至極的巧合，但冰川老師聽到後非常開心地說「哦～這樣啊！運氣真不錯！」便不疑有他。這種欺瞞的感覺讓我有點難受，可是這次也只能出此下策了。

「關於企畫的具體細節……雖然想馬上進入正題，不過首先還是感謝二位今天蒞臨敝社——霧島同學，你很喜歡輕小說吧？實際來訪後有什麼感想？」

「啊──呃，那個……」

「別客氣，想到什麼就直接說。」

蒼崎小姐對我微微一笑。在她的催促下，我說出了感想。

「呃……那個，老實說，跟一般公司沒什麼兩樣。」

我原本以為會在辦公桌上堆滿輕小說和周邊……實際上卻並非如此。來到會議室前我瞄了一眼辦公室的樣子，感覺就是一般公司。

「關於這一點嘛，其實前陣子還是你想像中的那種感覺啦……但最近引進了開放式座位跟遠程辦公的制度，確實跟一般公司沒什麼兩樣了──那老師覺得如何？不過，老師應該不太會看輕小說吧？」

「是呀。我對這方面沒什麼興趣。」

最好是啦。

我忍不住在心裡如此吐嘈，但冰川老師現在是教師模式，試圖想隱藏自己是宅宅的事實。她剛才明明對這些東西充滿好奇興奮不已呢，真辛苦，還得切換模式。

「好吧，你還是學生，時間不能拖太晚，我們就盡快討論具體的企畫內容吧。」

「好的。」

我點點頭。

冰川老師想交個宅宅男友

照這個情況來看，感覺滿容易成功的。

來到這裡之前，夏希給了我幾個注意事項。

她說蒼崎小姐這女人是個小惡魔，個性超爛，不只名字有個蒼字，連血液都是藍色……

等等，對我各種威脅。是說夏希，她之前到底對妳做了些什麼啊？

但看這情況，應該沒什麼問題。

正當我這麼想時——

「唔！」

蒼崎小姐給人的印象忽然驟變。

原本性格直爽的大姊姊，瞬間變成徹徹底底的甲方人員。

這就是蒼崎小姐的——以冰川老師舉例的話，就是教師模式吧。

發現氣氛嚴肅起來後，我馬上挺直背脊。

剛才那瞬間覺得滿容易成功的自己簡直傻得可以。

蒼崎小姐知道我跟夏希的關係，也看出冰川老師是在演戲。

但也不能因此就認定她會同意這個企畫。

對方是生意人，一定會認真以對。

我的說明顯然攸關著這個企畫的存亡。

那我也得盡其所能才行。

我用唾液滋潤乾涸的舌頭，將事前給過資料的文件攤開來，說出在腦海中反覆練習過無數次的臺詞。

「……呃，那個……我、不，這次赫爾布拉德老師推出新系列作，聽說貴社正在摸索宣傳方式。簡而言之，我希望貴社讓我在慶花祭中介紹老師的新系列作——以配音員見面會的形式。」

沒錯。這就是我好不容易才想出的結論。

我知道配音員的行程可能有空檔，但我沒有資金。既然如此，就向企業提出利多，再要求他們出資。我想到的就只有這些了。

所以這次一旦失敗，就實質意義而言，我就真的束手無策了。

給出前提後，我輔以資料進行更詳細的說明。比如慶花祭過去也辦過見面會的案例、來客人數和營運體制……我結結巴巴地解釋這些和冰川老師及東条學姊商量收集的資訊。

所幸慶花祭這個活動有百屆以上的歷史，要列舉成果並非難事。

一連串說明結束後，蒼崎小姐點頭稱是，並瞄了我一眼。

「剛剛那些我都聽懂了。你的資料也做得簡潔易懂。」

「真、真的嗎？非常感謝妳。」

我試著思考，但這些推測終究只是我的想像。

比起這些，我更在乎霧島同學靠自己的力量找出了答案。

儘管還遠遠稱不上滿分的回答。

要不是對方一開始就有意接受，這答案能不能取信於人都有待商榷。

可是，就算是這樣，霧島同學還是靠自己的力量得出了合格的回答。

這是我跟他初次見面時完全設想不到的結果。

我應該為他的成長感到欣慰。

——到××××××××。

我的胸口卻隱隱作痛。

直到最後，我都沒弄清楚原因是什麼。

◇◇◇

「……就是這樣。謝謝妳，夏希。」

拜訪出版社的隔天。

我跟夏希正前往慶花祭執行委員教室，途中我跟她道了謝。

冰川老師想交個宅宅男友

說到底，若沒有夏希幫忙，這個企畫本身就無法成立。

在那之後——蒼崎小姐對我說「配音員的行程溝通就包在我們身上」。看樣子應該能馬上安排妥當。

這麼一來，儘管那方面需要更詳盡的協商，但應該能全權交給他們處理。

所以我才對夏希表達由衷的謝意……但不知為何，夏希卻板著一張臉。

「啊，呃……怎麼了嗎？難道妳覺得光道謝還不夠嗎？」

「啊，不、不是的……霧島，蒼崎小姐有跟你說什麼嗎？」

「什麼？」

她倒是沒特別說什麼……難道有駭人聽聞的祕密嗎？

不知為何，夏希滿臉通紅地瞥了我一眼。

「啊，呃，沒聽說的話就算了。我、我只是有點好奇而已，別放在心上。」

「喔。」

雖然不太清楚發生了什麼事，但還是別深究比較好。

「而且該道謝的人是我，畢竟是要宣傳我的書嘛。代價就是我被拖出檯面了，讓我有點懷恨在心。」

「咦、咦？等等，夏希一定要出面嗎？」

「廢話，畢竟是見面會嘛。」

「這、這樣不就、咦？那、那怎麼辦？」

雖然這個企畫是我擬定的，但我根本沒想這麼多。

出版社的人應該也想過要宣傳書籍……不過如果能露面，當然是夏希本人出面比較好。

然而一旦夏希露臉，整間慶花高中就會知道她是輕小說作家。

這應該不是夏希樂見的情況。

「算了，這部分我會再想一下，畢竟方法應該不缺。而且我是第一次跟志帆同台演出，感覺也滿好玩的。」

「這、這樣啊。妳覺得沒問題就好……」

既然夏希都這麼說了，應該不用太擔心吧……？

可是這件事只有我知情。要是出了什麼問題，我也得想辦法解圍。

正當我這麼心想時，我們正好抵達了慶花祭執行委員的教室。

不過……

「…………？」

不知為何，我才一踏進教室，就感受到各個學生的注目禮。

而且還是充滿好奇和欣羨那種帶有好意的視線。

冰川老師想交個宅宅男友

平常他們只會迅速避開視線，或是戰戰兢兢地看著我……到底怎麼回事？

「……喂，夏希，現在是怎樣？為什麼所有人都在看我？是在霸凌我這個新手嗎？」

「怎麼可能。而且這間高中應該沒人敢霸凌你吧。」

話是沒錯。

「你誤會了啦，他們應該是聽說你跟出版社達成協議了。畢竟大家都不認為你能做到這一步。」

「可、可是，他們怎麼會知道呢？再怎麼說，消息也傳得太快了吧？」

「啊──應該是因為我無意間把消息傳出去了。」

「妳在搞什麼啊！」

我不是在生氣，只是不知其所以然。

見我一臉疑惑，夏希輕拍我的肩膀說：

「哎呀，有這點回報也不錯啊？霧島，畢竟你很努力嘛。」

「咦？」

「你可以稍微自豪一點嘛。」

說完這句話後，夏希就去找教室裡的朋友了。

只有被她拍過的肩膀殘留了輕微的痛楚。

……我可以自豪嗎？

基本上都是在其他人的幫忙下才有這個成果，我怎麼能引以為豪？

但至今為止，從來沒有人對我這麼說過。

這句話讓我得到了一絲安慰。

在那之後。

「啊，霧島同學，你在這裡啊。」

大學生重野學長忽然走進教室。

從第一場會議之後，重野學長幾乎都沒有現身。

正因如此，這位稀客的登場，讓教室裡的氣氛為之緊繃。

但重野學長絲毫沒意識到教室裡的氣氛變化，走向我並說道：

「有件事想麻煩霧島同學，你方便嗎？」

「有事、要拜託我……？」

「對啊。哎呀，其實不是什麼大事啦，舞臺管理原本不是大學生要做嗎？我想把這工作交給你啦。大家正好都因為其他事情抽不開身呢。」

重野學長笑盈盈地提出請求。

可他這句話卻說得膚淺至極。雖然無法一口咬定他在說謊，但他一定有什麼意圖。

不過話說回來，我當然無法接下這個工作。

「抱歉，重野學長，我之後還得去跟出版社開會——」

「嗯，我知道，所以我去幫你開會。那你能不能接下舞臺管理的工作？」

「啊——？」

聽不懂他在說什麼。

那重野學長去管理舞臺不就好了嗎？他本來就是大學生代表，這樣很合理吧。

但重野學長卻依舊笑容滿面，沒打算收回前言。

換句話說，他不是在開玩笑。

他是認真地要我「交出和出版社交涉的工作」。

儘管工作內容無分高低，但在這個情況下，跟出版社交涉還是相對亮眼許多。或許是我以小人之心度君子之腹，但我只覺得他是要我讓出這個機會。

「請等一下。」

這時出面打斷的人正是東条學姊。

東条學姊像是要保護我似的站在我跟重野學長之間，抬頭看著他。

「這是霧島同學辛苦牽成的結果吧，讓他去做不是比較合理嗎？況且舞臺管理的工作，重野學長你去做不就行了嗎？有必要特地交換嗎？」

東条學姊不是個情緒化的女人。

但唯獨此刻，我能感受到她有點動怒了。

重野學長卻毫不理會，自顧自地接著說：

「嗯，我自己也很想做舞臺管理的工作……但真的忙不過來，實在顧不了全局啊。不過跟出版社交涉的話，用信件往來應該也可以吧？這樣的話，我應該也能出一份力。」

「這……」

「而且這不是東条同學能決定的事，而是霧島同學說了算——霧島同學，你覺得呢？」

此話一出，重野學長跟東条學姊就同時看向我。

我聽不出重野學長這句話有幾分真實。

東条學姊的眼神彷彿在說「你大可拒絕」。

在這短短的時間內，我馬上做出了答覆。

「好，我知道了。我就負責舞臺管理工作吧。」

「……你嚥得下這口氣？」

「嗯？什麼？」

「我是問你——真的甘願把這工作隨便拱手讓人嗎？你之前明明這麼拚命。」

慶花祭執行委員會結束後。

我跟夏希一起走到校門口，她劈頭就問我這句話。

「就算妳這麼說……但換誰去交涉結果都一樣啊？怎麼覺得妳不太高興啊？」

「哪有。只是有種功勞被搶走的感覺，才想問你甘不甘心而已，我哪有生氣。」

話雖如此，夏希卻鼓著臉頰，一看就知道她正在氣頭上。

「我也不是毫無感覺啦……但這不是我的勝利條件。」

「勝利條件？」

「是啊。」

我不是想靠一己之力讓慶花祭圓滿落幕，也不想出風頭。

而且光靠我自己根本不可能達成這些條件。

所以誰會出風頭，或是靠誰的力量完成，我一點興趣也沒有。

因為我的勝利條件就是看到冰川老師開心的樣子。

老實說，只要能達成這個目標，剩下的我根本不在乎。

「嗯？你這人真奇怪。」

接著夏希又小聲咕噥「你覺得沒差就好」，繼續往前走。

我跟她一起重新邁開步伐，斜陽恰巧從雲層之間灑落而下。

光線實在太刺眼，讓我將臉別向一旁。結果各班為了慶花祭努力準備的景象就這麼映入眼簾。

距離慶花祭還有幾週時間。

我終於有種真正跨出一步的感覺了。

第五章

「那麼，慶花祭執行委員會到此結束。」

放學後，慶花祭執行委員會常用的教室。

我有些緊張地宣布散會後，高中的執行委員們便各自起身四散離開。有些人雖然還留在教室裡和朋友聊天，但大部分都回到各自班上去了。而且這些學生沒看著我偷笑，也沒說出「今天的會議流程好怪」之類的話。

呼……今天也勉強撐過去了吧。

儘管沒辦法立刻變得完美無缺，不過最近的會議流程變得越來越順暢了。但我偶爾還是會吃螺絲啦。

此外還有一個重大的轉變。

跟出版社開過會之後，總覺得大家對我的態度軟化了不少。

話雖如此，我還是不敢找其他人說話，依舊獨來獨往。但跟過去相比，他們的視線似乎變得柔和許多。

也有可能全都只是我會錯意而已。

「辛苦了，霧島同學。」

抬頭一看，只見東条學姊面帶微笑地站在我身邊。

「怎麼樣，習慣了嗎？最近的會議流程也越來越順暢了。」

「是啊。雖然還是會緊張……但已經慢慢習慣了。」

其實也沒什麼。

我只是把冰川老師教我的方法同樣套用在這次的狀況罷了。

──所以，要提升霧島同學的成績，乍看之下不太容易，其實很簡單。

──只要把卡關的部分重新搞懂，就能順利進行到現在正在學習的章節。

──光靠這個方法，你就能進步。

當時雖然是在討論「讀書」層面，不過我心想：能不能把這方法也運用在這次的會議上呢？在那之後，我每晚都會反思自己的失敗，擬定對策，並運用在下一次的會議中。可是因為失敗的經驗實在多不勝數，最近好不容易才有點起色。

「這樣啊。」

聽到我的回答，東条學姊微笑著點點頭。

「你能這麼想就太好了。往後也別忘記這種感覺喔。」

冰川老師想交個宅宅男友

「是，謝謝學姊。」

「那你會參加班上的活動嗎？」

「咦？班、班上嗎？」

「真是的……我就知道。」

看到我的反應，東条學姊輕輕嘆了口氣。

「因為你老是在慶花祭執行委員這裡，我就在懷疑了……稍微到班上露個臉比較好喔。要是當天打不進班上的圈子，難得的慶花祭不就白白浪費了嗎？」

沒關係，就算沒這麼做，我也打不進班上的圈子。

縱然心裡這麼想，我也不可能直接說出口，氣氛一定會變得很尷尬。

「就當作我多管閒事，把學姊的話聽進去吧。今天就回班上幫忙如何？」

東条學姊面帶微笑地這麼說，我態度含糊地點頭。

就算她這麼說……

「我們班啊……」

開始籌備慶花祭的工作後，我從來沒有為班上的事盡一份心力。

在這種狀況下，還有我能做的事情嗎？

……不，老實說，我是把慶花祭執行委員當成免罪符。

如果去忙執行委員的工作，就不必在教室裡幫忙，也就不會感受到在同學之間被暗中排斥的滋味了。所以我才老是往執行委員會這邊跑……但還是得去吧。

就在我愁雲慘霧地走向教室時。

「喂，拓也，你在這裡啊。」

「呃，涼真……」

型男數學老師——涼真就站在走廊的轉角處。

涼真是我國中時期的家教，現在則是慶花中的老師。

也就是說，他是少數知道我的過去的人……或許是因為這樣，他給我的感覺跟木乃葉一樣，讓我覺得困窘又有點難對付。該怎麼說，畢竟他知道我的黑歷史嘛。真要說的話，只要當成在學校裡遇到大哥就沒問題了。

所以我只是稍稍抬起手打個招呼就打算離開現場，涼真的聲音卻不肯放過我。

「喂，拓也，家政課的新橋老師在找你喔。你的作業好像還沒交。」

「啊——」

這麼說來，老師確實出了作業。

冰川老師想交個宅宅男友

我記得是一篇作文作業，內容是「你最尊敬的人」。

雖然記憶有點模糊，原本的意旨應該是寫父母這些令人尊敬的人，但我記得老師說「也可以寫歷史上的偉人」。那去圖書館借些偉人傳記來寫就是最輕鬆的……結果被慶花祭這些雜事忙到完全忘記了。作業的截止日是不是一週前？我頓時有種「哇死定了☆」的感覺。

「嗚哇，這下不寫不行了……」

「是該寫了，拓也。你最近這麼努力，別因為這點無聊小事扣分喔。」

「少、少囉嗦，我知道啦。」

你是我哥喔。

也是，畢竟他從以前就很照顧我，感覺是滿像哥哥的。

就在我們如此閒聊時——

「啊，篠原老師，你在這裡啊～」

有兩名女學生在走廊上跑過來。

看室內鞋的顏色，應該是一年級生？

她們活潑開朗地跑向涼真後，拉著他的袖子問道：

「篠原老師～我問你喔～慶花祭要不要跟我們約會呀？我們班要開麵包店喔～」

「好好好，我知道了，有時間我就會去，妳們趕快走吧。不是還要忙慶花祭的事嗎？」

「好～！你一定要來喔～」

被涼真隨口打發後，兩名女學生就揮揮手跑走了，臨走前還小聲地說「太好了，跟老師約好了呢～」。

見狀，我開口說道：

「……涼真，別去吃牢飯喔。」

「你在說什麼啊？」

涼真瞥了我一眼，眼神中滿是傻眼。

「那好像是慶花祭的特殊說法，經常會把學生邀請老師的行為稱為『約會』。但她們應該是一年級生吧……每年都會出現類似的學生，感覺就像串通好的。」

「這表示大家的想法都一樣？」

「是啊，沒錯，所以別想歪了。再說，師生戀只有漫畫裡才有吧，怎麼可能出現在現實生活中。」

「…………………………………………………………對、對啊。」

嚇、嚇死我了！這傢伙應該不是故意的吧！剛才我的背上狂冒冷汗耶！只是湊巧的話，未免也巧得太恐怖了吧！我還以為會少活好幾年耶！

「但偶爾還是會有學生跟老師告白啦，真讓人傷透腦筋。我猜應該是被活動的氣氛感染啦……尤其是櫻井老師，幾乎每年都會遇到。」

「啊──」

櫻井老師就是那位圖書館管理員老師吧。

她長得非常漂亮，看起來很像校醫。

就算每年都有男學生對她傾心也不足為奇。

這時。

我對某件事有些好奇，便開口問道：

「喂，涼真，那個……如果被學生告白的話，你會怎麼辦？」

「當然是拒絕啊。」

「居然秒答喔。你不會……覺得有點可惜嗎？正值花樣年華的女高中生耶。說不定以後再也沒有被女高中生愛慕的機會嘍。」

「你想從我這裡套出什麼答案啊？」

涼真有點傻眼地這麼說，並看著女學生離開的方向說：

「我還是會拒絕吧。當然，如果拋開倫理道德，或許能嘗到一時的快樂，但一定會在某些時候碰上困難。」

「困難……？」

「是啊。」

涼真點點頭，露出彷彿回想起遠處的某些事物般說道：

「學生跟老師，就等於小孩和大人。彼此間的代溝……會在各個面向出現。學生固然如此……但老師的感受會更深。」

這句話中隱含的真意讓我有些恐懼，所以我不敢多問。

跟涼真分開後又過了幾分鐘。

為了寫出作業，我前往圖書館打算借書。

不過，涼真說的這些話是什麼意思呢？

跟冰川老師交往至今，確實有出現過幾次代溝。不管是價值觀還是看過的動畫……但他說「老師的感受會更深」，這話是什麼意思？

正當我帶著疑惑的心情前往圖書館時——

「啊，霧島學長！這不是霧島學長嗎？你在這裡做什麼呀～？」

怎麼會有學妹這麼禮貌地喊我「學長」？

我才剛這麼想，回頭一看，馬上就恍然大悟了。

冰川老師想交個宅宅男友

往我這裡跑來的人正是木乃葉。
她身後還有一個男孩子，看室內鞋的顏色應該是一年級生吧。但那個男孩一看到我，就因為恐懼而明顯皺起眉頭。看來我在一年級生之間也是聲名狼藉。
算了，這些暫且不論。
這丫頭的問題比較大。
「咦？霧島學長？霧島學長，你有事找我嗎？」
木乃葉一走過來，就說了我根本沒說過的話。
這樣就像我有事找木乃葉，故意把她留住似的。
結果那位男孩相信了她的演技，丟下一句「下、下次見，小櫻同學」就馬上逃跑了。
目送他離去後，木乃葉輕輕握起拳頭。
「好耶，拓也哥抵禦計畫成功。」
「妳在搞什麼啊？」
我忍不住輕輕拍了木乃葉的頭。
從木乃葉的行動來看，應該是要利用我擺脫那個男孩子吧。
刻意用「霧島學長」這種只帶姓氏的喊法，應該也是這個原因。如果像平常一樣喊我「拓也哥」，可能會讓人摸不著頭緒吧。

「唔——幹嘛啦，拓也哥。這樣很痛耶。」

木乃葉按著頭生氣地瞪了我一眼，但我懶得理她。

「妳怎麼會在這裡？」

「文化祭不是常有那種自我感覺良好的人嗎？」

木乃葉的說明有些隨便，不過我大概知道她要表達什麼。

簡單來說，就是男女關係啦。那個男孩子看著木乃葉的眼神就是那種感覺。

「那個男孩子很受歡迎，要是公然拒絕他，感覺會很麻煩嘛——」

「嗯？會嗎？難道他會因為被拒絕而找妳洩憤？」

「這樣還比較好呢，可怕的是女孩子啦。『為什麼拒絕他？』『妳是不是太囂張了點？』感覺會遭受各方攻擊。」

「是、是喔。」

我不太想知道這些情報。

雖然不能一概而論，不過，原來如此，還有這種世界存在啊……

未知的世界令我大受震撼。這時，木乃葉瞥了我一眼。

「現在回去班上也很麻煩，我就跟你一起行動吧。」

木乃葉的眼神彷彿在問：可以吧？

冰川老師想交個宅宅男友

即使現在拒絕她，根據以往的經驗，我敢保證她還是會自己跟過來。這麼一來，早早投降才是明智之舉。

於是我帶著木乃葉一起前往圖書館。

「對了，木乃葉，妳最近忽然都不來我家了耶。怎麼回事？」

我無意間想起這件事便開口詢問。結果木乃葉對我眨眨眼，還露出揶揄的笑容。

「咦？哎喲哎喲？怎麼啦，拓也哥？難道你愛上我了嗎？」

「怎麼可能啊。只是妳前陣子一天到晚說想來我家玩，結果忽然就不來了，我才覺得奇怪啊。」

雖然不記得正確的日期，但跟冰川老師進行K書集訓時，某次木乃葉忽然找上門來。從那之後，她似乎就沒有再來我家了。

明明以前我不准她來，她還是會硬闖進來耶。

「也沒什麼特別的理由啦，只是覺得有點麻煩，特地上門也不知道要幹嘛，就真的有點不想去了。但如果拓也哥苦苦哀求，無論如何都想讓我去你家的話，我也只好妥協去一趟了。我是不太想去，而且一點興趣也沒有啦。」

「別口口聲聲說自己很委屈好嗎？我根本不希望妳來我家。滾吧，不准再來了。」

「少來了～可愛學妹不來家裡，你明明就覺得很空虛～」

閉嘴啦。

木乃葉一直戳我的側腹，我把她的手拍開後，重新邁開步伐。

「只是……妳忽然改變行動，讓我有點毛骨悚然。」

「毛骨悚然？」

木乃葉緩緩地回道：

「……可是我覺得拓也哥更讓我毛骨悚然耶。我聽說了，你現在是慶花祭執行委員會的代表。」

「唔。」

「我們班的男生也說『那個霧島拓也終於將魔爪深入幕後，準備毀掉慶花祭了』。」

「你們到底把我想成什麼人啊！」

但我也有自覺啦，我現在所做的一切都不符合我的作風。

「到底怎麼回事？你怎麼會當上代表呢？」

「有什麼關係啊。」

閒聊之際，我們不知不覺抵達了圖書館。

隨後我便開始物色圖書館裡的書。這時我忽然想到一件事，便開口問道：

「對了，木乃葉。你們班在慶花祭要做什麼？」

「咦？我、我們班嗎？」

我一問，木乃葉忽然就渾身發抖。

接著還眼神游移不定地說：

「呃，那個，是什麼呢？哎呀，其實我對慶花祭沒什麼興趣，不太記得了。」

「但怎麼會連班上在慶花祭要做什麼都不知道？」

連我都知道耶。

不過也是前陣子聽夏希說了才知道啦。

然而，木乃葉依舊將視線轉到其他方向，故意佯裝不知。

沒辦法了。看她裝傻到這個地步讓我更加好奇，不如來動用代表的權限吧？

「嗯～木乃葉是一年四班吧？一年四班、一年四班……」

「咦？等、等一下！你怎麼會隨身帶著各班的擺攤清單啊！」

「我好歹也是代表啊，當然會把這些資料放在手機裡。」

「等、住、住手！不准查！不行啦！」

「喂、喂、木乃葉！別、別搶我手機啊！——好痛！」

「唔！」

經歷了一番手機爭奪戰後，我跟木乃葉扭成一團倒向地面。

可惡，痛死了……真是的，木乃葉這傢伙幹嘛這麼抗拒啊？

「……唔，好痛喔……」

另一方面，雖然有我在下面當肉墊，木乃葉還是因為摔倒在地而身形不穩。旁邊還落下一本學生手冊，應該是木乃葉的吧。

學生手冊正好翻了開來。

我無意間瞄到裡面的內容。

「……咦？」

「啊！」

下一秒。

木乃葉便以驚人速度撿回學生手冊。

她將手冊緊緊摟在胸前，彷彿相當珍貴似的。

耳朵還染上了前所未見的鮮紅色。

她的表情比剛才——比我要查他們班要在慶花祭做什麼的時候，還要驚慌失措。

之後，平常總是態度從容的木乃葉用幾不可聞的聲音說：

「那、那個……………………………………你、你看到了嗎？」

「呃，沒有，我沒看到……那本學生手冊裡有什麼嗎？」

冰川老師
想交個宅宅男友

「什、什麼也沒有！我真的沒放任何東西！拓也哥，你這大笨蛋！」

「幹嘛忽然對我破口大罵啊……」

「我要走了！我可不想被別人誤會我在摸魚！再見！」

木乃葉粗魯地摸摸頭髮後，就立刻別開臉大步跑走了。

「搞什麼啊……？」

從來沒見過她這種反應。木乃葉這個表情……好像是這十年來第一次見。

可是我──其實看到學生手冊裡的東西了。

夾在裡面的東西完全超乎我的想像，甚至會讓我懷疑是不是看錯了。

因為……

「……那張照片是好久以前拍的吧。」

那是孩提時代──木乃葉還坦率到讓人驚訝的時期拍的照片。

我記得是木乃葉的母親──春香阿姨拍的。

應該是去某個地方玩，在回程時拍的吧，照片裡的我跟木乃葉排排站。當時木乃葉動不動就哭，正好照片裡的她也是一臉快哭的表情，還抓著我的袖子。

這張照片連我都不知道收到哪兒去了。

可是木乃葉卻夾在學生手冊裡。

「……她帶著那張照片做什麼？」

儘管把問題說出口，我還是找不出答案。

在圖書館借完書後。

我終於來到二年二班的教室。

但我實在沒有勇氣踏進教室……真的非得幫班上出點力才行嗎？

我像這樣猶豫了一陣子後，稍稍打開窗戶想偷看教室裡的狀況。這一瞬間——

「……霧島，你在幹嘛？」

「咿！……搞、搞什麼，是夏希啊。」

忽然有人從背後喊了我一聲，害我嚇一大跳發出怪聲。

站在我身後的正是一臉驚愕的夏希。

她皺起眉頭。

「真稀奇耶，霧島，你居然會到教室來。啊，是不是今天執行委員的工作結束了？」

「啊，是啊。所以我才過來看看需不需要幫忙……有我幫得上忙的地方嗎？」

第五章

二年二班的慶花祭籌備工作，主要是由夏希負責。問她的話正合適。

結果夏希將手抵著下顎，做出思考的樣子。

「幫忙啊……唔～就算你這麼說，現在也只有一些雜事而已耶。」

「打雜也行，應該說打雜才好。我要做什麼？」

「為什麼知道只有雜事可做的時候，你的眼睛就亮起來了啊……」

就算她這麼說，但我就喜歡打雜啊，有什麼辦法。

這當然只是玩笑話，但要是運氣不好被委以重任，負擔也太大了。慶花祭執行委員代表的責任就夠重了，對現在的我來說，做完就結束的雜事剛剛好。

「嗯，這樣的話……現在也只有外出採買的工作可以拜託你了。」

「那我就出去採買吧。要買什麼？」

外出採買一個人就綽綽有餘了，應該沒問題吧。

畢竟這種不必跟別人合作的工作比較適合我。

「好吧，那採買工作就交給你了。只是那間店離學校有點遠，我會把腳踏車借給你，就放在停車場的最邊邊。你可不能弄壞喔？」

說完，夏希便將鑰匙交給我。

冰川老師想交個宅宅男友

乖乖接受這令人感激的提案後，我就出發去採買了。

就在此時。

「……咦？冰川老師？」

「……霧島同學？」

我推著腳踏車準備走出慶花高中校門時，正好遇見冰川老師。

冰川老師似乎暫時要離開學校。

她平常都揹托特包，現在卻只帶了個小包包而已，可能是要去附近的超商吧。

另一方面，冰川老師也一臉驚訝地看著我問：

「……咦？霧島同學，你是騎車上學嗎？」

「不，這是，呃……是跟夏希借的。我等等要去附近的五金百貨行買點慶花祭要用的東西。」

「這樣啊，跟夏希同學借的……喔～」

冰川老師眨眨眼睛，不以為然地看了我一眼。

「呃……怎、怎麼了嗎？」

「沒什麼，只是覺得你們很要好。」

「啊，呃、那個，絕對不是冰川老師想的那樣！」

「是，我知道。不過……我還是會吃醋啊。」

冰川老師將臉別向一旁，此時的她依舊是教師模式。

經過這幾個月的相處，我知道她不是真的在鬧脾氣，但這個舉動真的可愛得不得了，我甚至有種想讓她醋勁大發的感覺。我當然不會故意做這種事啦。

「對了，冰川老師怎麼會在這裡？」

我意識到這一點並開口詢問，冰川老師也轉換態度，回答：

「其實我也要外出採買。慶花祭期間，教職員辦公室有些備品庫存不夠了，我正打算去五金百貨行採買。」

「是喔，原來如此。那我們要不要——」

「一起去買」這句話才剛衝到嘴邊，我卻打消了念頭。

畢竟我跟冰川老師是師生關係，要是被其他學生看到我們在一起，他們會怎麼想……

就在此時。

有個慶花高中的學生走進校門。

我跟冰川老師立刻裝作不認識的樣子。雖然沒特別講好要這麼做，但已習慣成自然了。

不過……

「「…………咦？」」

冰川老師想交個宅宅男友

看到緊接著走進校門的那名男性，我跟冰川老師同時驚呼一聲。

因為他就是——

「啊，冰川老師，辛苦了。冰川老師也要跟自己班上的學生出去採買嗎？」

雖然不知道叫什麼名字，但這名男性是體育老師。從他說話的口氣推測，這位體育老師剛才也跟學生一起去採買慶花祭的物品。

體育老師有些困擾地搔了搔頭。

「哎呀，其實是班上的學生拜託我陪他們一起去買的。手邊的工作都做不完了，但他們說非得找個可靠的老師陪同，我也只好硬著頭皮去。啊，不好意思，冰川老師等等就要去採買了吧？拖到您的時間真是抱歉，我先告辭了。」

「啊，好的，再見。」

冰川老師生硬地回完話後，那名體育老師聽到學生大喊「老師，快點啦～」就急忙跑了過去。

又只剩下我們倆孤伶伶地站在校門口了。

不過……我跟冰川老師心裡應該在想同一件事。

我看著其他地方說道：

「那個……夏希拜託我去五金百貨行買東西，但其實有些東西我不太清楚。」

「是、是嗎？那可不行啊，萬一買錯就糟糕了。」

「對、對啊。所以，要是有個可靠的老師在，我會很開心……」

「是、是嗎？」

冰川老師點點頭後，視線開始四處游移。

「……還是我陪你去吧？正好我也準備去五金百貨行，而、而且買錯就糟了嘛。所以，那個……」

冰川老師偷偷瞥了我一眼，低聲說道：

「要不要一起去？」

我當然沒理由拒絕這個提議。

於是，我們決定一起去五金百貨行採買物品。

「……好遠喔。」

「……好遠啊。」

我跟冰川老師正往五金百貨行前進，卻一直到不了目的地。雖然用地圖ＡＰＰ中選了最短路程，但計算結果顯示走到五金百貨行得花上數十分鐘。難怪夏希要借我腳踏車。

冰川老師想交個宅宅男友

再加上七月的高溫更是熱得難受。

被毒辣的陽光一照，我從剛才就一直汗流浹背。看一旁的冰川老師似乎更加悶熱，可能是穿著套裝的緣故吧。她一襲正裝，還穿著外套。

既然如此，我能做的只有一件事。

「那個，冰川老師，我有個提議……要不要騎腳踏車過去？」

這一路上，我都推著夏希借我的腳踏車。

既然是跟冰川老師一起去，根本不用推腳踏車過來……等我發現這一點時，已經來到離學校很遠的地方了。

所以我就這麼一路推過來，但可想而知，騎腳踏車一定會更快到達目的地。

聽到我的提議，冰川老師連忙揮手說道：

「嗯、嗯嗯，霧島同學你可以先騎過去，我再慢慢走過去就好，不要在意。我應該早一點跟你說的。」

「呃，妳誤會了。那個，不是我一個人騎……我是問冰川老師要不要一起騎車過去。」

我補充這麼一句後，冰川老師忽然生起氣來，雙手扠腰說道：

「我想霧島同學應該也知道，雙載是違法的。身為老師，我怎麼能以身試法呢？」

「咦～」

「不准抱怨，不行就是不行。這是規定。」

冰川老師態度頑固地環起雙臂，將臉別向一旁。

嘖，居然不行。騎車過去的話，搞不好可以將這股悶熱感降到最低耶。冰川老師在這種時候還這麼嚴苛。

「喏，霧島同學你先去吧，別管我了。」

冰川老師揚起溫柔的笑靨，準備送我離開。

但已經說好要一起去了，只有我騎腳踏車過去感覺也很怪。

「嗯？」

這時我的手機震了一下，看了螢幕後，發現有一則簡訊。

簡訊通知一小時後要召開慶花祭執行委員會議，之前根本沒聽說啊。我猜是重野學長臨時召集的吧。

明知如此，我身為代表還是有義務出席。

我偷偷瞄了一旁的冰川老師，她也看著手機皺起眉頭。

她應該也在看同一則簡訊吧，畢竟她是負責慶花祭事務的老師。

從這裡走回慶花高中，拚一點的話幾十分鐘左右就到了，應該能準時與會。但這樣又會產生新的問題。

冰川老師想交個宅宅男友

「……採買要怎麼辦？」

沒錯，就是這個問題。

就這麼回去的話，我跟冰川老師就無法完成採買的任務。

冰川老師應該不想這樣吧。這幾個月相處下來，我知道她是個認真的老師，總是會將份內的工作確實完成。

不過正好——現在就有一個解決方案。

「唔～～」冰川老師在規定和職責之間反覆苦惱後，猶豫再三地說出結論。

「那、那個，霧島同學。不要把這件事告訴學校好嗎……？」

「都什麼時候了妳還問啊？」

「話、話是沒錯！可、可是，你應該知道我不是那個意思吧！」

冰川老師氣呼呼地嘟起嘴巴。

話雖如此，我們已經沒時間繼續閒聊了。

「冰川老師，妳坐後面吧。」

「嗯、嗯。那我坐嘍。」

第五章

冰川老師小心翼翼地坐上腳踏車後座。

就是少女漫畫中常見的側坐形式，雙腳還能前後晃動。

「準備出發，抓緊嘍！」

「嗯、好！」

聽到我的信號後，冰川老師緊緊抓住腳踏車的金屬座桿。

我一鼓作氣踩起踏板。可是……

「奇、奇怪……？嗯、嗯……？」

等一下，未免也太難了吧？

我看漫畫都起步得很順利，但我根本無法保持平衡啊……

老實說，我連短短幾公尺都無法前進。

見狀，冰川老師頓時臉色鐵青。

「啊？該不會是我太重……？」

「不、不是，沒這回事——」

「因、因為昨天晚上吃了零食……？可、可是我才吃一口而已……真、真的啦，我真的沒吃多少。」

「我沒有在懷疑妳啦！」

冰川老師想交個宅宅男友

冰川老師急忙揮手解釋。

忍不住開口吐嘈後，我繼續說道：

「抱歉，冰川老師，這種騎法會讓我無法保持平衡，感覺比想像中還要困難。」

「是、是嗎？但漫畫裡經常出現這種騎法耶。」

「這種方法或許可行，但我目前還辦不到。」

如果沒有優越的平衡技巧，應該很難做到。

光是冰川老師把腳往旁邊放，我就抓不到重量的平衡點了。

「那怎麼辦？」

「我想想，應該要換個騎法，或是妳離我更近一點……」

「這、這樣嗎？」

緊貼。

我話才剛說完，冰川老師就調整坐姿靠過來，結果背上立刻傳來柔軟的觸感……應、應該就是那個部位吧。糟糕，我根本沒辦法集中精神。

但我也不能一直這樣下去。

「好，冰川老師，這次真的要出發嘍！」

「嗯、嗯，麻煩你——咿、咿呀！」

第五章

我用全身體重往踏板一踩，腳踏車就忽然往前衝去。

比起剛才，至少平衡感好找多了。每踩一次，踏板重量就減輕許多，輪子也不停打轉。

清風拂來。

我的髮絲隨風飄搖，在無人的街道上快意奔馳。

我對這個地方再熟悉不過，知道這個時間點不會有人經過。

「霧、霧島同學，是不是太快了！我覺得速度越來越快了耶！」

「慢慢騎會來不及啊！而且——等等就是下坡了！」

「咦——呀啊啊啊啊啊啊啊啊啊啊！」

我確實握緊了剎車，但下一秒，腳踏車就猛然衝下斜坡。

我當然有注意安全。過了幾秒後，冰川老師可能也發現了，她壓著被風吹散的黑髮大聲喊道：

「真、真是的，霧島同學！給我有點分寸，否則我要生氣了喔！」

「對不起，老師！」

「沒、沒關係啦——不過……」

說完，冰川老師整個人緊緊貼在我背上。

緊接著，老師那幾乎要消失的聲音跟在耳邊呼嘯的風聲混在一塊兒。

「不過——這樣也滿好玩的。」

「是、是啊。」

我如此答道。

我在腦海中描繪出痴心妄想的畫面。

假如我跟冰川老師不是師生關係——這種假設應該不可能成立吧。

但是……

我不禁心想：如果我跟冰川老師都是高中生，或許會用這種方式走過青春的歲月吧。

第六章

「我要減肥！」

離慶花祭只剩一週了。

某個假日午後，地點是冰川老師家的客廳。

冰川老師忽然激動地如此宣言。

而我則半張著嘴愣在原地……咦？冰川老師幹嘛忽然說這種話？

可能因為我反應不大，冰川老師得意洋洋地又說了一遍。

「我說！我要減肥！」

「……不、那個，我知道妳想減肥啦……但怎麼這麼突然？」

她最近有量過體重嗎？

見我一臉困惑，冰川老師就滿臉通紅地搓著雙手說：

「前、前陣子，我們不是一起騎腳踏車嗎？那、那時候因為我……呃，我好像有點重，才害你沒辦法保持平衡吧？」

冰川老師想交個宅宅男友

「我之前就說過了，這不是冰川老師的問題啊。」

單純是因為我不熟練而已。再說，在那種狀況下也很難保持平衡。

所以跟冰川老師的體重無關。

當時我應該也已經解釋過了。

冰川老師卻緩緩搖頭。

「不，霧島同學說的或許也有道理……但要是我再瘦一點，你應該能更快找到平衡。而且已經夏天了嘛，也會越來越常穿清涼的衣服……說、說不定、那、那個……也有機會跟你去海邊玩……」

她後半段說得窸窸窣窣，我沒聽清楚。

夏天、海邊，順著這些詞彙，我只能想到一個畫面。

灼熱豔陽、蔚藍大海、白色沙灘，以及冰川老師穿著魅惑誘人的泳衣對我說「好想跟你一起游泳喔♡」——

「可能真的得減肥了！」

可惡，我怎麼會漏掉這麼重要的事呢！

說到夏天就會聯想到海邊，在海邊自然就要穿泳裝。對熟知動畫或輕小說的宅宅而言，這些事項說是常識也不為過。輕小說的話，基本上在第三集左右就會先在彩頁或插圖中穿插

一張女角們的泳裝圖，這已經是約定俗成的規矩了。

明明是重要到必不可少的活動，我卻完全沒設想到。都已經要暑假了，搞不好還會跟冰川老師去海邊玩。

再說，如果跟冰川老師一起去海邊，我也得換上泳裝才行，屆時我可不想讓老師看到我這瘦弱的身板。我確實也很想減肥，應該說很想增肌。

「你也明白減肥的重要性了嗎？」

聽冰川老師這麼問，我用力點了點頭。

但這樣一來，又有另一個疑問浮上心頭。

「妳想用什麼方式減肥？先把話說在前頭，我沒辦法上健身房喔。我敢保證一定會馬上放棄。」

前陣子有部動畫是健身題材，當時我雖然有點興趣，卻跨不出那一步。只要沒有每次都會扯破衣服的教練就好了……呃，這樣也滿驚悚的。

然而聽到我的疑問後，冰川老師伸出手指，露出自信滿滿的笑容。

「嘖嘖嘖，霧島同學。健身房那種巨巨才會去的地方，我也沒辦法去啊。就用適合我們的方法來減肥吧？」

「……適合我們的方法？」

冰川老師想交個宅宅男友

「沒錯！就是這個——健身環訓練！」

說完，冰川老師就拿出了遊戲主機。

我來說明一下吧！

所謂的健身環訓練，就是在環狀的機器和身上裝上把手，用運動攻略遊戲世界的一種遊戲。簡單來說就是利用徒手訓練施展攻擊，透過打敗怪獸逐步攻略的遊戲。

前陣子上市時引發了不少話題，我當然也因此略有耳聞，但一直沒機會買。

於是現在。

冰川老師穿著類似瑜珈服那種貼身又方便活動的服裝站在螢幕前，完全進入了備戰狀態。我就直說吧，實在太性感了。

接著，冰川老師啟動遊戲，完成了各種設定和教學關卡後——

冰川老師忽然僵在原地。

嗯？怎麼回事？……啊。

我雖然心生疑惑，但也僅只一瞬，就立刻明白目前的狀況了。

因為冰川老師正盯著輸入體重的畫面看。

看來為了計算卡路里，勢必得輸入體重。

另一方面，冰川老師滿臉通紅地不停偷瞄我的反應，一直不肯輸入體重……不管她幾公斤我都不在乎啊。

但這對冰川老師來說似乎是個大問題。

老師苦惱不已地發出「唔～～～」的一聲，並嘟起了嘴。

但她可能意識到再這麼折騰下去只會原地踏步了。

只見冰川老師露出心意已決的表情，用把手輸入了二位數的數值。

「呃……三十九公斤。」

「太扯了吧！冰川老師怎麼可能這麼輕！」

「霧、霧島同學，你說話怎麼這麼壞啊！」

我忍不住吐嘈後，冰川老師就露出受傷的表情。

但像冰川老師這種（上圍超級豐滿）的身材，根本不可能三十九公斤啊！而且冰川老師一點也不矮。要是她真的只有三十九公斤，反而會讓人擔心耶。

我輕輕嘆了口氣說：

「不用謊報體重啦，不管冰川老師幾公斤我都不在乎。而且——我大概能猜到冰川老師的體重。」

「咦？」

「這只是正常的預測範圍啦。以冰川老師這種身高和體型，體重至少也有五十——」

冰川老師馬上收起表情。

「……霧島同學？」

「好，對不起，我只是在胡說八道！」

我連忙屈下身子低頭道歉。

咿，好、好可怕……沒想到還有比「雪姬」更恐怖的模式。我說冰川老師，妳到底還有哪幾段變身型態啊？

最後……

我被迫轉身向後，冰川老師便趁機輸入了體重數值。

「不行、不行、再、再做下去我會痛死的……！」

「啊、等、等一下、別、別這麼快……不、不要再加快了……！」

「哈啊……呀啊……我快死了。沒、沒辦法再繼續了……！」

第六章

「呀啊、我在發抖、人家已經在發抖了啦……！」

這當然是冰川老師玩遊戲時說的各種臺詞。

雖然混雜了一些意義不明的臺詞，但遊戲難度似乎逐漸提升，冰川老師不停哀號，卯足全力進行徒手訓練。

冰川老師正在做深蹲。

她將背脊挺直，翹起曲線曼妙的臀部。從臉上沁出的細小汗珠一路從鎖骨滑到胸口，滑出一道路徑後消失在胸壑中。

……明明只是在運動，怎麼會如此煽情呢？

光是看到冰川老師深蹲的模樣，我的心臟就跳得飛快。

但冰川老師似乎沒心思管自己了，慘叫連連地奮力攻擊怪獸。

隨後……

「啊、嗯、嗯！」

當冰川老師進行到「捲腹」這個抬起雙腳前後屈伸的訓練動作時，她的腳忽然僵直，還斷斷續續發出哀號聲。

「怎、怎麼了，冰川老師！」

這個狀況實在不能坐視不管。

冰川老師想交個宅宅男友

我連忙跑到冰川老師身邊，只見她淚眼汪汪，雙腳震顫地說：

「腳、腳抽筋了……」

「咦？」

「我的腳抽筋了……啊、啊！霧島同學，你剛剛是不是覺得這沒什麼！我先把話說清楚，這動作真的很難！」

所以不是我體力太差！——冰川老師嘟起嘴巴，彷彿想表達抗議。但當冰川老師隨著遊戲進度彎起身體時，又一副快哭出來的樣子。看來這動作對腰部的負擔也很大。

「冰川老師，妳站得起來嗎？」

「好像不行……霧島同學，你能扶著我站起來嗎？」

冰川老師揚起視線，戰戰兢兢地對我伸出手。

我接過冰川老師的手……卻不太敢對她纖細的手臂使力。好吧，既然如此……

「嘿咻！」

「咦、咦？霧、霧島同學？」

我用公主抱的方式抱住冰川老師後，一鼓作氣將她抬起來。

冰川老師慌張地將手緊緊環住我的脖子。可能是因為這樣，我覺得平衡感很穩，抱起來輕鬆不費力。

冰川老師則滿臉通紅地說：

「霧、霧島同學，我、我很重吧。不、不必勉強自己這樣抱我……」

「一點也不重。冰川老師，妳很輕啊。」

「是、是嗎……？」

「是啊。所以……雖然事到如今才說這些話不妥，但我覺得妳沒必要強迫自己減肥。」

「……咦？」

讓冰川老師坐在椅子上後，我老實說出在心中埋藏已久的想法。

聞言，冰川老師微微睜大了眼。

「可、可是，你不也說要減肥才行嗎？」

「我……呃，如果是發自內心適度運動，我覺得無妨，不過實在不必認真到讓腳抽筋的地步吧。而且，那個，我一開始不就說過了嗎？」

「——我根本不在乎冰川老師幾公斤。看冰川老師勉強自己減肥，我反而更擔心。」

「這樣啊……也對，感覺你就會說這種話。」

聽我這麼說，冰川老師便不停低聲嘀咕，接著揚起一抹爽朗的笑。

「嗯，我知道了，就聽你的。這個遊戲很好玩，以後我應該還是會繼續玩下去……但會選擇適合自己的難度適度進行。明明是為了健康著想，把身體搞壞就沒意義了。」

「是啊，沒錯。那把這個遊戲收起來吧。」

減肥固然重要，但還是要依循每個人適合的難度才好。

得出這個耳熟能詳的結論後，我跟冰川老師相視而笑，再次轉向螢幕。

然後——

我跟冰川老師目不轉睛地看著顯示在螢幕上的巨大文字。

【消耗卡路里：＋２００ｋｃａｌ】

「「咦…………？」」

呃？認、認真？兩百卡？才運動這麼一會兒，就能消耗這麼多？

當我對此震驚不已時，冰川老師猛地從椅子上站起來。

看她這副模樣，實在無法想像剛才還是腳抽筋的狀態。

不僅如此，冰川老師的眼裡還燃起了熊熊火焰。

「霧島同學。」

「呃、是，怎麼了……？」

「我覺得應該要排除萬難，繼續玩這個遊戲。」

「咦？什麼？可是妳剛剛說受傷就沒意義——」

「你聽誰說的啊！」

「就是冰川老師妳啊！」

「短短幾十分鐘就消耗兩百、兩百耶！能消耗這麼多的話，那就另當別論了！好！我還要更努力！所以霧島同學也要好好看著！」

「別、別逞強吧！冰川老師剛才不也說腰很痛嗎？而、而且要玩的話，明天再玩也可以吧！」

「怎麼能說得這麼悠哉呢，霧島同學！練肌肉要趁熱啊！」

「不行！妳完全被洗腦了！」

結果冰川老師的訓練熱情又提升了不少。

◇◇◇

「冰川老師應該沒事吧……？」

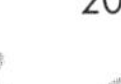

冰川老師
想交個宅宅男友

隔天午休。

我走在慶花高中的走廊上，準備前往教職員辦公室時，傻眼地嘀咕道。

今天早上跟冰川老師用ＬＩＮＥ聊天時，畫面上傳來了卡通畫風的女老師貼圖，看上去很難受的樣子，貼圖下方則是冰川老師「肌肉痠痛……」的抱怨。畢竟她昨天狂訓練嘛……可能是因為這樣，感覺她今天連上課都有點辛苦。昨天她說「輕輕鬆鬆啦！」甚至還有餘力督促我念書的模樣，就像從來沒發生過一樣。

但該說不愧是冰川老師嗎？她將這份疲憊徹底隱藏起來，表現得若無其事。

或許是因為強忍痠痛讓她眉頭緊皺的緣故，不知情的同學們還說：「冰川老師今天是不是心情很差啊？」

經過走廊轉角時，我碰見了學生會某個戴眼鏡的前輩。我們的交情還沒到可以閒聊的地步，所以只是互相點個頭就擦身而過了。

不過，對我來說也應該算是驚人之舉了。

畢竟前陣子的我根本不敢跟別人對視。

相較之下，或許可說是超乎想像的成長了。

但這當然……

「……要歸功於冰川老師吧。」

最近我覺得學校生活越來越有趣了。

當然，我還是很討厭代表的工作，但想想從前的我，這根本是不可能的任務。

……不過，讓我覺得學校生活變有趣的最大原因，應該是能跟冰川老師在一起的時間變多了。

我也覺得這理由太單純了，但確實就是如此。

我當上慶花祭執行委員代表，冰川老師接下慶花祭執行委員的監督工作後，在一起的時間勢必會增加。最近我們經常單獨相處到學校關門之前，此外，由於慶花祭相關雜務——比如外出採買等等，我們共同行動的時間也越來越多。另一方面，冰川老師手邊的工作好像也空閒許多，才能比過去更常來幫忙慶花祭執行委員的工作。

雖說就只是單純的工作，但能跟老師在一起，還是讓我很高興。

畢竟冰川老師總是忙得不可開交。

能跟我見面，也是因為她的工作告一段落了吧。

至少目前為止我是這麼想的。

所以……

當我將手放上教職員辦公室的門，聽見那句話的瞬間，我不禁僵在原地。

「——冰川老師，妳最近是不是太勉強自己啦？明明不是份內的工作還攬下來……沒必要一個人扛這麼多事啊。」

…………咦？

他剛才說什麼？

冰川老師最近很勉強自己？

一開始我還以為是在說肌肉痠痛的事，但仔細想想就知道我搞錯了。她是今天才覺得肌肉痠痛，可是教職員辦公室的老師卻說「最近」，時間兜不攏。

那——這話是什麼意思？

我呆站在教職員辦公室前，裡頭又陸續傳來老師的聲音。

「冰川老師還幫休假的老師出去採買呢。」

咦？

「妳這陣子是不是都忙到很晚？起初我還以為是有學生為了籌備慶花祭留到很晚的關係……但在那之前，冰川老師的工作也沒有多到得留到那個時間才能做完吧？」

唔。

「這就算了，妳還最早來上班。」

唔！

「說穿了，冰川老師原本就不是慶花祭執行委員的監督老師，卻把這工作全攬下來……真的不要緊嗎？」

我好像聽到冰川老師用凜然的口氣一一回答「不要緊」，但我幾乎沒聽進去。

我從來沒想過冰川老師為什麼要外出採買。

我誤以為冰川老師之所以留到這麼晚，是為了製造跟我相處的時間。

我完全不知道冰川老師這麼早就來上班，也不知道冰川老師曾幾何時一肩扛下了慶花祭的監督工作。

但我早該發現冰川老師的工作量比以往多了不少。

可是我壓根兒沒想到「冰川老師在勉強自己」。

不僅如此，我還請她幫忙處理慶花祭的部分工作。難得的休假日還一直讓她陪著我。

啊……

其實我都知道，心中也隱約察覺到這件事。早在很久之前，我就發現了。

冰川老師不會找我商量真正的煩惱，只會對我說些不痛不癢的抱怨。

「謝謝你聽我吐苦水，幫了我很大的忙」——冰川老師以前雖然說過這種話，但是她覺得有幫助，並不是因為我對她來說很特別。只要隨便找個人聊聊就行，哪怕對方不是我也沒

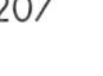

差。

「我知道你變可靠了」——儘管冰川老師這麼說，卻沒有真正依靠過我。不管有意無意，冰川老師從來不在我面前吐露令她煩惱至極的問題。

我知道是為什麼。

因為……

——「因為我只是個孩子」。

「……咦？霧島同學，你來了啊。」

或許是聊完了吧，冰川老師從教職員辦公室走出來。

一看到我，老師便露出些許笑意。這反應讓我非常開心，但冰川老師對剛才在教職員辦公室的那些談話隻字未提。

其實她根本沒有多餘的時間再分給我了。

我很傲慢吧。我只是個孩子，對工作一竅不通，卻奢望老師找我商量。好想早點知道，想早點明白冰川老師的處境有多辛苦。

孩子跟大人之間的差異到底是什麼？

我無法參透其中的解答。

但我好像看見一堵高牆豎立在我與冰川老師之間。

為了長大成人，我就得跨越這道高牆才行。

「……該怎麼做才能變成大人呢？」

這句嘀咕沒有任何人聽見。

不過真要說的話，我能做的只有一件事。

我只能用盡全力，做好目前正在做的事。

因為我所認識的「大人」們都是這麼做的。

冰川老師
想交個宅宅男友

第七章

——到╳╳╳╳╳╳╳╳╳我。

我作了個夢。

這裡有點像澀谷的交叉路口。

在難以計數的人潮當中，我看見了長大成人的霧島同學。在這裡一定會被其他人看見，但霧島同學卻毫不在意，一看到我就微微勾起嘴角。緊接著，他不顧眾人注視的眼光，就這麼朝我奔來。

見狀，我也拔腿奔向霧島同學——

與此同時，我意識到了。

啊，這不就是最近經常夢見的——那個幸福美夢嗎？

◆ ◆ ◆

第七章

「冰川老師，麻煩妳確認。」

「好，稍等一下。」

午休時間的教職員辦公室。

我正在檢查霧島同學提交的資料。

這當然是慶花祭執行委員的相關資料。

剛開始還有很多地方需要重寫，但隨著霧島同學日漸成長，如今我只需要檢查錯字或漏字即可。嗯，這次也沒什麼問題，再來只要我蓋章就行了。

「好，沒問題了……霧島同學，你今天也要留校嗎？」

「對啊，還有點事要做，所以想留下來處理。」

「這樣啊。我知道了，那我也留校吧。」

在旁人眼中，我們單純就是認真做事的執行委員學生，以及負責監督的老師吧。

但其實我心裡雀躍無比。

太棒了，今天又能跟霧島同學單獨相處了！最近工作雖然很忙，但跟霧島同學在一起，我好像就能永無止盡地努力下去。

「霧島同學最近很拚嘛。」

冰川老師想交個宅宅男友

霧島同學離開教職員辦公室後。

跟我搭話的是圖書館管理員櫻井老師。

櫻井老師雙手環胸，往霧島同學離開的方向瞥了一眼。

「一年級時他都板著一張臉，最近好像滿開心的嘛。是不是心境上出現了什麼轉變？」

「這、這個嘛，是什麼轉變呢……？」

「總而言之，這個時期的孩子成長得很快啊，不管是生理還是心理方面。就算是學生，看到他們成長的模樣，我也會忍不住心跳加速呢。」

「我懂。」

我想幫櫻井老師這句話按一百個讚。

因為霧島同學神情嚴肅盯著電腦看的樣子真的很帥嘛。

我個人雖然很好奇他為什麼要這麼努力，卻也無意深究。以前我看了《東大特訓班》之後深受感化，拚命用功讀書，被母親追問原因時也覺得很丟臉……咦？這種事應該很常見吧？應該有過深受漫畫感化，忽然對某件事全力以赴的經驗吧？各位看完《棋魂》之後，也有大受感動開始了解圍棋吧？但我最後因為實在搞不懂，只試一個月就放棄了。

「在這層意義上，我時不時會聽見霧島同學的傳言呢。好像是『反差』之類的吧？他的風評一直都不太好，當了執行委員後卻展現出『超乎想像的認真態度』，還在一些女孩之間

造成了話題喔。」

原來如此。難怪有些執行委員的女學生會用熱情的視線看著霧島同學。

但我這個深愛霧島同學，也是最理解他的女朋友，此刻卻只有傻眼的反應。

哇，反差？

超乎想像的認真態度？

該怎麼說，其實我不是很懂。因為霧島同學真正的優秀之處，才不是在那種顯而易見的地方。而是藏在更深處，難以用言語形容的地方。

可是這也是沒辦法的事，他們已經盡力了。要我這個資深老粉（四個月）來說的話實在上不了檯面，但事實就是如此。

以前的我可能還會吃醋，但經過上個月的事件後，這些小事對我來說根本不值一提，心境上有點像「男友粉」的感覺。呃，我應該是女友啦。

所以，要說我現在是什麼心情呢……

——霧島同學的實力被大家認同了，好開心啊。

僅只於此。

冰川老師想交個宅宅男友

依照預定，我們今天也在學校留到很晚。

此時此刻。

回程中，只有我們倆漫步在月光下。

只要被人看見可能就萬事休矣，不過現在時間已經很晚了，就算用「擔心學生晚歸才護送到車站」這個理由也不成問題吧。所幸我跟霧島同學都住在慶花高中到慶花車站的這段路上。

「吶，霧島同學，你暑假想去哪裡？」

我往旁邊一瞄並提出疑問，霧島同學就一臉驚訝地說：

「……咦，冰川老師也會放暑假嗎？」

他以為我是在多黑心的職場工作啊？

不過我能理解他的疑惑，畢竟我無時無刻都在工作……

但暑假要另當別論。

「暑假期間學校也休息，相對來說比較容易請假。」

如果我有兼任社團顧問，那又是兩回事了。

但我目前還不是社團顧問，還算好休假。

「所以別擔心。你應該有些想做的事，或是只有暑假才能做的事吧？」

第七章

「這個嘛，那要不要去旅行？」

「啊，這主意不錯！來一趟動畫的聖地巡禮如何？」

跟霧島同學去旅行。只要有這句話，我就覺得可以馬不停蹄地工作到暑假了。

而且在旅行地點，我跟霧島同學的師生關係又不會曝光——

……咦，這樣不是超棒的嗎？

這個想法棒到讓我莫名激動起來，忍不住頻頻顫抖。

我跟霧島同學的關係不會曝光，就代表我們可以為所欲為。不必在意他人目光，可以光明正大牽手散步，或是像普通情侶那樣挽著手走也沒關係。

咦？怎麼回事，旅行根本是最棒的方案啊？

想到最後，我心裡就只剩下「暑假要去旅行」這個選項了。

「霧島同學，我們一～～～～定要去旅行喔！」

「好啊，老師。」

霧島同學微笑點了點頭。

唔，這樣不就像是我鬧脾氣吵著要去旅行嗎？實際上也是這樣沒錯啦。

可是——跟霧島同學談論未來真的好開心。

現在談的雖然是好幾週後的事，以後或許還會聊幾個月後、或是一年後的話題吧。比如

冰川老師想交個宅宅男友

聖誕節、春假，還有黃金週假期要去哪裡玩之類的。
這樣的時光應該能持續到永遠。
我對此深信不疑。
目前所有的一切——就是進行得如此順利。

◆◆◆

隔天就是慶花祭的前夜祭活動。
慶花祭將於明天展開。為此，大學生們好像包下整間餐廳舉辦了類似誓師大會的活動，我們這些老師和高中生則借用學校教室開心慶祝。
桌上擺滿了用慶花祭執行委員預算購買的外匯拼盤和果汁，慶花祭執行委員的學生們彼此感念一路以來的辛勞。舉凡校舍前的手製巨大擺設及看板、張貼在附近店家的海報、統率各班事務……等等，工作內容真是說也說不完。學生們聊得不亦樂乎，除了分享彼此的經驗，偶爾還會夾雜幾句「再也不想幹第二次」這種玩笑話。
當中最醒目的人就是重野同學。
不知為何，重野同學參加了我們這邊的慶祝會，一個人喝著酒，還到處喊著：「謝謝大

家～拜各位所賜，慶花祭算得上是圓滿成功了！」

但除此之外沒什麼太大問題。活動進行了一小時左右後……

在東条同學的催促下，霧島同學才緩緩走向教室一角放置麥克風的地方。

等一下就要進行結尾致詞了。

他應該沒問題吧——我在一旁默默守護。霧島同學就在眾多學生面前，抬頭挺胸地說：

「今天的活動就到此結束。」

這句宣言沒有絲毫拖沓。

以前的他應該會腦袋一片空白，講話還會吃螺絲，如今那副模樣早已不復見。

一定是在這短短的期間內習慣了吧。

這就是霧島同學成長的證明。

——刺痛。

…………咦？怎麼回事？我剛才好像覺得胸口隱隱作痛。

應該不會這樣才對啊。

但就在我因為令人費解的心痛皺起眉頭時，霧島同學的結尾致詞也說完了。隨後又有幾名學生聚在霧島同學身邊，分別是夏希同學、學生會長東条同學，還有為了慶花祭籌備工作共同努力的學生會成員。儘管稱不上多，但是根本無法想像以前的霧島同學身邊會聚集這麼多人。

跟出版社談過之後，他整個人的感覺都變了。

自此之後，霧島同學周遭的環境好像變得和善許多。

照理來說，我應該要為眼前這一幕感到欣喜若狂才對。

——刺痛刺痛！

可是不知為何，這股心痛卻無法平息。

不僅如此，還變得越來越嚴重。

回過神來，我已經來到走廊上獨自休息了。

怎麼會有這種反應呢？我捫心自問再多次也理不出頭緒。

但問著問著，除了心痛之外，甚至有股寒意漸漸自腳尖流竄而上——

「冰川老師，妳沒事吧……？」

霧島同學一臉憂心地走出教室。

他一定是發現我不在教室裡才會過來吧。

霧島同學窺看著我的臉說：

「妳好像很難受的樣子……要去保健室嗎？」

「不，沒關係。看到你的臉，我就平靜多了。」

為了表達自己沒有任何異樣，我揚起嘴角展現笑容。

但我做不到。

我不知道繃著表情肌肉還能不能笑得完美。畢竟現場沒有鏡子能親自確認，但我覺得自己的笑容非常扭曲。

見狀，霧島同學微微張開嘴，好像想說些什麼。

不過最後他還是沒把那句話說出口。

反倒是刻意營造出爽朗的感覺。

「對了，冰川老師，我剛才被學生會的學長姊稱讚了，他們還問我明年要不要加入學生會。但我想應該只是客套話啦。」

「是、是嗎？」

「是啊。他們又稱讚我代表的工作做得不錯……該怎麼說，以前我很少被別人稱讚，我覺得超級開心。」

「所以，或許我的想法很單純——但我決定以後還要繼續努力。」

——刺痛刺痛刺痛！

霧島同學搔搔臉頰，滿臉笑容地說出這句話時，我的心臟附近感受到前所未有的尖銳劇痛，讓我頓時腳步踉蹌。

「冰川老師，妳沒事吧！」

霧島同學急忙跑到我身邊。

但我緊緊壓著胸口，無暇理會。

啊……

啊，我終於意識到了。

不對，其實我很早以前就發現了，卻總是佯裝不知。因為我不想承認自己心中有如此醜惡的感情。

——到××××××××我。

究竟是什麼時候開始的？

我想不起確切時間，但真要舉例的話，沒錯，就是霧島同學期中考的排名超乎我預期的時候。

當時我對霧島同學的成長感到欣慰。

但我發現心中還有其他感情。

我害怕極了。

因為霧島同學的成長幅度超出我的預料。

——到╳身╳╳不╳離╳我。

高中時期的恩師對我說：「將來妳一定會拋下我，張開翅膀遨翔到遠方吧。」

如今我才切身體會到這句話意義何在。

學生會在幾年間獲得驚人的成長。

跟我們這些停擺的大人不一樣，他們時刻都在改變，最後就會拋下我們這些老師遠走高飛。

舉例來說，沒錯，就像在人生這條路上進行長跑一樣。

我們這些老師剛開始會引領在前，不久後便會被學生們追上。

當這些學生長大成人後，老師們為了帶領下一批學生，會再次回到原本的位置。

這就是老師的工作，過去的我也覺得無所謂。

——到╳身╳╳不要離╳我。

但我終於意識到了。

我發現霧島同學可能會跟其他孩子一樣，拋下我先走一步。

這麼一來，我就再也追不上他了，因為我們這些老師得停留在原地。我的立場再也無法與他對等。

啊……

所以歸根究柢，若要用一句話表達心中這份恐懼，那就是……

——我害怕霧島同學變成大人。

◆◆◆

那一晚，我又夢見了那個夢。

這裡有點像澀谷的交叉路口。

在難以計數的人潮當中，我看見了長大成人的霧島同學。

而霧島同學勾起嘴角，不顧眾人注視的眼光，就這麼朝我奔來。

我也拔腿奔向霧島同學，像要配合他的動作般——

「但我已經知道，這不是一場幸福的美夢」。

霧島同學通過我身邊後，跑向我身後的其他女性身邊。

他的眼裡沒有我的影子。

我也不在他的未來之中。

第七章

我向霧島同學伸出手，在夢裡大喊著：

——到我身邊來，不要離開我。

但我的聲音卻永遠傳不進他的耳中。

第八章

『第一〇五屆慶花祭，正式開始！』

校內廣播中傳來了東条學姊的聲音。

學生會長如此宣布後，校舍中立刻爆出洪流般的歡呼聲。

就像名為青春的熾熱凝結成一點爆發開來似的。

耳膜微微顫動，讓我有種身處演唱會會場的錯覺。

此時此刻，我正在戶外舞臺的準備區。

這裡是個簡易搭起的棚架，還擺了幾張桌子。重野學長推給我的舞臺管理工作大致上都結束了，不過空閒時候，還是留在這裡看看活動是否有順利進行比較好。

「呃，霧島同學，你知道重野學長在哪裡嗎？」

「不，我完全不知道耶，不好意思。」

「你沒必要道歉啦……真是的，也不知道重野學長跟出版社和配音公司談得怎麼樣了，他也只肯透露最低限度的消息。雖然他本人是說『別擔心，全都安排好了』……但真的沒問題嗎？」

東条學姊輕輕嘆了口氣，但事到如今哀嘆也於事無補。

他明天總該出現在準備區了吧……我如此冀望。雖然到時候再問有點太晚，不過細節方面也只能問他了。

「算了，總之我們也開始忙吧。」

「是啊。」

我點頭同意東条學姊的話。

就在我們準備走出戶外舞臺準備區的那一刻——

「……咦？」

天上竟落下了幾粒豆大的雨滴。

大滴雨水轉眼間就變成了滂沱大雨。

放眼望去全是雨，許多學生跟參加者都倉皇逃進校舍。

擺攤的班級雖然還在努力撐著，但應該也是時間早晚的問題。如今遊客都躲進校舍，在攤位上乾等也很辛苦。

冰川老師想交個宅宅男友

在慶花祭執行委員會的教室中。

「……這下怎麼辦？」

東条學姊眉頭緊皺，神情嚴肅地說。

我、東条學姊和學生會的幹部們都來到教室裡。

在場都是慶花祭執行委員會的中心人物。

那我們為何會在慶花祭開始的這一刻聚集於此呢？

理由很簡單，因為大雨導致人群湧進校舍，到處都發生了一點小混亂。慶花祭的來客數本來就多，要是這群人集中湧進校舍，當然會引發許多問題。

東条學姊從教室窗戶瞄了眼大雨中的校園。

「這場豪雨讓校舍裡變得一團亂。湧入校舍的遊客們都衝進開設咖啡廳的班級，好多地方都忙不過來。我們得盡快擬定對策才行……」

「總之，只能先讓有空的執行委員去處理了。」

我這麼說。

「畢竟執行委員對所有細節瞭若指掌，所以在某種程度上也算滿自由的。」

其他同學大多會被安排在班上長時間值班。大部分的慶花祭執行委員值班時間很短，或是直接被排出班表外。

這樣一來，還是讓慶花祭執行委員來處理比較妥當。

「也對。」

東条學姊點頭同意我的意見。

「就照霧島同學的意思去做吧，其他人就由我去聯繫。那就先從自己班上開始，能幫的就盡量幫吧。」

聞言，在場所有人都點了點頭。

好，這樣我也非去不可了。

我能幫的應該不多，總之得先協助自己的班級。

我這麼心想，正準備走出教室時。

「霧島同學，可以打擾一下嗎？」

東条學姊忽然喊住我。

「我記得你是冰川老師那一班的吧？」

「是、是啊，沒錯……」

怎麼了嗎？

見我一臉不解，東条學姊的眼神中透露出一絲迷茫。

「那個，在這種緊急狀況下，可能不該說這些讓你更焦慮的話……但剛剛在走廊上跟冰

川老師擦肩而過時，我看她站在二年二班的教室前，表情非常嚴肅。」

「冰川老師嗎？」

「是啊。所以，這雖然只是我個人的推測……但你們班的狀況可能不太樂觀。」

「可惡！」

我盡其所能全速奔跑，趕往二年二班教室。

我不知道發生了什麼事。

但不知為何，腦海中竟閃過不祥的預感。

昨天——也就是前夜祭時，冰川老師的樣子不太對勁，還露出正在沉思和苦惱的表情。東条學姊看冰川老師板著一張臉，才以為班上的狀況不樂觀，可是我認為不是這樣。無論如何，我總會想起冰川老師在前夜祭時的模樣。

——拜託別出什麼事啊！

我在心中吶喊並在走廊上狂奔，最後終於抵達了二年二班。

接著我打開被設置為員工區那一側的教室門，卻看見神情嚴肅的冰川老師被學生們團團包圍。

下一秒，學生們用力低下頭說：

「拜託妳，冰川老師！還是麻煩妳在廚房幫忙掌廚吧！」

…………啥？

咦？咦？到底怎麼回事？

我皺起眉頭。這時一名同學繼續低著頭說道：

「我知道冰川老師很忙，但客人實在太多了，光靠我們根本應付不來……所以，冰川老師，雖然對妳很抱歉，但能不能幫幫我們呢？」

「那、那個，我的確很想幫忙……但其實、我、那個、我的廚藝沒這麼好……不對，應該算是一般水準吧。」

「不要這麼謙虛嘛。冰川老師，妳之前不是說過社會人士一定要學會基本技能才行嗎？我們都知道冰川老師是言出必行的菁英人才，所以廚藝一定很強！」

「呃，不，我其實不是那個意思——」

冰川老師急著想否認。

但班上同學卻你一言我一語地說了起來。

冰川老師想交個宅宅男友

「冰川老師給人的印象真的太完美了，廚藝應該也不容小覷……」

「我好像聽說過老師的廚藝好到可以開餐廳。」

「真的假的！那要是冰川老師願意幫忙，不就無懈可擊了嗎……」

「咦？咦？這、這種流言是從哪裡傳出來的？我、我的手藝沒這麼——」

教師模式的冰川老師難得慌張地揮起手來。

但流言卻依舊在學生之間傳來傳去。

流言被加油添醋後，瞬間就化成熱火充斥了整間教室。

平常一定不會發生這種事吧。

但在慶花祭這種祭典的喧鬧氛圍下，大家的心情也變得不太一樣。

在被揶揄為「雪姬」的這位老師面前，同學們開始叫喊起來。

「冰川老師！」「冰川老師，拜託妳！」「冰川老師，救救我們吧！」

在眾人的鼓舞讚賞下，冰川老師的心情似乎不錯，嘴角還時不時勾了幾下。

接著，同學們還同聲應和道：

「冰、川、老、師！」「冰、川、老、師！」「冰、川、老、師！」

「冰、川、老、師！」「冰、川、老、師！」「冰、川、老、師！」

「真、真拿你們沒辦法。」

冰川老師帥氣地做出撥髮動作。

隨後，她神采煥發地說：

「——剩下的就交給我，我一定會想辦法解決。」

「怎、怎麼辦呀，霧島同學？我不小心在大家面前誇下海口了。我、我的廚藝真的很爛耶。」

「我、我哪知道！真是的，妳到底想幹嘛啦！」

這裡是家政教室。

一到其他學生看不見的地方後，冰川老師立刻手忙腳亂了起來。

附帶一提，我們早就開始動手做了。我跟冰川老師試做的成品是鬆餅，至於賣相如何，

相信大家都猜到了，可說是極具藝術氣息的作品。我都不好意思在學園祭端出這種程度的料

理。

正視眼前的悲慘現實後，冰川老師的臉都綠了。

聽到我的疑問，冰川老師難以啟齒地回答：

「因、因為大家一直拜託我去廚房幫忙嘛……而且被懇求這麼多次，我怎麼好意思拒絕嘛。」

原來如此。在我來到教室之前，大家可能就對冰川老師一再請求了。

也就是說，冰川老師之所以板著一張臉，可能是因為「明明廚藝很爛卻被大家苦苦哀求幫忙」吧。

「我能理解妳無法拒絕的心情啦……」

「而且我有看完整套《美味〇挑戰》，應該沒問題吧。」

「這樣可行的話，我的廚藝應該爐火純青了吧！」

怎麼可能沒問題啊！上個月同居的時候，冰川老師還讓雞蛋爆炸了耶，她是不是忘了這件事啊！

話雖如此，我也不能對冰川老師見死不救。

其實一旁的冰川老師已經眼眶泛淚，渾身顫抖地抓著我的袖子了。

然而事實證明，光靠我和冰川老師根本束手無策。

冰川老師想交個宅宅男友

我剛才已經先擬好對策了，不知道對方會不會來──

「真是的，霧島，幹嘛忽然找我來幫忙啊……我還要值班耶。」

「抱歉，夏希，但真的很謝謝妳。」

打開門走進家政教室的人正是夏希。

夏希原本不是在這個時段值班，可是因為事態緊急，我只好拜託她幫忙。夏希是慶花祭執行委員，能充分掌握全局，應該沒有比她更適合的幫手了。

但夏希已經穿上顏色簡約的圍裙了。

她這身俐落的裝扮讓我疑惑地皺眉，夏希則微勾起嘴角，用沒人能聽見的音量小聲說：

「算了，就算你不開口，我也會來幫忙就是了。班上亂成一團，總不能只有我袖手旁觀吧？」

「所以妳才把圍裙都帶過來了啊……」

這種感覺果然是夏希陽菜的作風。

但我對某件事有些好奇。

「這麼問可能有點失禮……不過，夏希，妳很會做飯嗎？」

「天啊，你太小看我了吧。做飯這種小事，我當然會啊。」

「抱、抱歉，畢竟我身邊都沒有廚藝精湛的人，所以才有點在意──」

「我可是把《食戟〇靈》整套看完了呢。」

「妳們怎麼會覺得看過漫畫廚藝就會進步啊！這什麼理論啊！」

我能理解啦！看完漫畫後確實會覺得自己也辦得到！但也要考量到最後還是做不到啊！這才是一整套流程吧！

「開玩笑的啦，怎麼可能光看漫畫就能變強。但要是在毫無下廚經驗的狀況下寫輕小說，就只能用『總之是按照步驟做出的鬆餅』這種描述隨便帶過吧？我只是不喜歡這樣，才會下廚讓自己進步。」

「原來如此。」

我看著總之是按照步驟做出的那盤鬆餅說道。

「好了，霧島，沒多少時間了，趕快開始吧……霧島，你怎麼了？」

「呃，沒什麼。」

其實我還找了另一個幫手……但情況應該不會如我所願吧。光是能確保夏希這個名額，我就該謝天謝地了。

「好，開始動工吧。但要怎麼做？分組進行比較好吧？這樣應該也比較有效率。」

「那我跟霧島同學一組，夏希同學一個人做吧。」

這時冰川老師忽然插嘴。

冰川老師想交個宅宅男友

冰川老師也穿上圍裙做好萬全準備了。她自信滿滿的模樣給人一種料理研究家的感覺。

但這個時候，冰川老師的分組建議應該是最合適的方案吧。

雖然我跟冰川老師的能力有限，但兩人共同作業的話多少能有點幫助。畢竟也不能反過來用其他分組方式拖累夏希。

我點頭同意冰川老師的提議。

不過在那之前。

「咦？這樣效率很差吧？霧島一定會拖冰川老師後腿，那倒不如跟我一組比較好。」

說話的同時，夏希拉了拉我的衣袖。

……啊，對喔。

夏希可能以為冰川老師的廚藝好到能開餐廳，那確實能理解她為什麼會說這種話。若要追求最高效率，我就不能變成冰川老師的拖油瓶。雖說實際狀況是正好相反啦。

「不、不行。要是霧島同學跟夏希同學一組，那我……不、不對，協助廚藝不精的孩子也是老師的職責，所以霧島同學要跟我一組。」

「如果效率變差了怎麼辦？這時候霧島就該跟我一組啊。」

「慶花祭也是個學習的好機會。不能一味追求效率，培養自制力也是很重要的。」

「不，應該要效率第一。」

「不，要以自制力為重。」

「好、好痛好痛好痛！拜、拜託妳們不要拉我的手，別再拉了啦！要斷了要斷了，我的手會斷掉啦！」

她們之間出現了奇蹟般的誤解，開始爭著要跟我一組。

在旁人眼中或許很像戀愛喜劇，實際上並非如此，感覺挺悲哀的。我猜冰川老師八成是想守住自己的尊嚴吧。

但我們現在沒什麼時間胡鬧了。

「好好好，就三個人分頭進行吧。這樣最快吧？我也不會扯妳們的後腿。」

「……是、是呀。對霧島同學的成長來說，這樣或許比較妥當。」

「……霧、霧島說的沒錯。就這麼辦吧，冰川老師。」

……咦？她們的反應好像有點奇怪？

聽到我的提議後，兩人都看向別處，明顯露出意志消沉的樣子。

我倒是能理解冰川老師的反應……咦？連夏希都這樣？

但如同我先前所說，已經沒時間在意這些小事了。

我們開始將收到的點單分開處理。

以位置上來說，是依照「冰川老師、我、夏希」這個順序排排站，這樣我就可以幫忙冰川老師了。照理來說是這樣沒錯……

「霧、霧島同學，我把蘋果皮削完之後，果肉就消失了！」

「霧、霧島同學，我不太會打蛋……嗚、嗚嗚……」

「霧、霧島同學，平底鍋燒焦了！怎、怎麼辦！」

真是的～～心情根本沒辦法放鬆嘛！

是說，冰川老師！妳的教師模式已經慢慢瓦解了耶！

但我還是跟冰川老師通力合作，歷經一番苦戰，好不容易才有點樣子——

這時忽然飄來一陣香甜的味道。

我不禁循著這股香氣往旁邊一看。

「唔、唔哇。夏希，妳太強了吧，做得超漂亮耶。」

「有、有嗎……？」

雖然夏希害羞地摸了摸頭髮，但一雙眼緊盯著平底鍋看。

「這、這沒什麼吧，大家都會做啊。」

「沒這回事，至少我就不會。不，夏希妳真的很強耶。」

跟冰川老師一起下廚後，我的感受更深了。

一般來說，烹飪其實是很困難的一門技術吧？

「不過，霧島你也做得滿好的啊。雖然一開始不知道成果會有多慘……但這種程度應該能端上桌了吧。」

「應、應該吧。」

我低頭看著自己的平底鍋，鍋裡的鬆餅煎得還可以。

一開始確實慘不忍睹，但看了好幾次夏希成功的範本後，我好像也慢慢進步到能上手的程度了。上個月跟冰川老師進行K書集訓後，我進步最明顯的其實是烹飪能力……可以的話，真希望是成績進步。

「那冰川老師呢？……應該不用問啦，一定很順利吧。對不起，問了這種理所當然的問題。」

「哈、哈哈，是、是啊。」

聽到夏希的疑惑，冰川老師的臉頰微微抽搐。

夏希本人應該完全沒有挖苦的意思，她這句話卻有種對冰川老師暗放冷箭的感覺。

「怎、怎麼辦，霧、霧島同學。再、再這樣下去會穿幫的，而且——」

「——是啊，會來不及。」

我輕輕點頭回應冰川老師這聲低語。

我跟冰川老師做一人份，夏希頂多做三人份。雖然還有好幾名同學在其他地方各自忙

礙，這種速度也不足以消化訂單。要是再多一個會下廚的人，應該就來得及——

就在此時。

「嗨，小男友。抱歉，我來晚了。」

「紗矢小姐！」

「咦？紗、紗矢……？」

「啊，家庭餐廳那位大姊……？」

走進家政教室的人是個看似金髮太妹的女性——紗矢小姐。

太好了。因為紗矢小姐之前說慶花櫻花祭的時候會來，我就猜她也會來參加慶花祭，所以就開口邀請她了……幸好她如約而至。

紗矢小姐勾起一抹自信的笑容，同時穿上圍裙。

「哎呀，不好意思，來的路上耽誤了一點時間。我很早就來參加慶花祭了，只是不知道家政教室在哪。隨便抓個女孩子問了以後，她又把我帶到完全不相干的地方。」

「不相干的地方……妳被帶去哪裡了？」

「走失兒童服務處。」

我到底該不該笑啊？

「我好像被她誤會成走失兒童，就跟平常一樣跟那個女孩子解釋了一會兒，所以才會這麼晚到。」

原來如此，紗矢小姐似乎也有很多難處呢。

我正這麼想，紗矢小姐就走到爐台前。

「那我要做什麼？照著這些點單做出來就好了嗎？」

「是、是啊，拜託妳了。」

「先把話說在前頭，我的價錢不低喔。」

「我已經做好心理準備了。」

「這樣啊，那之後再跟你請款吧。」

紗矢小姐得意地露出虎牙笑了笑。

但在請紗矢小姐幫忙之前，為了掌握進度，還是得把這件事確認清楚。聽冰川老師說紗矢小姐手藝很好，不過以防萬一，還是得跟本人事先確認才行。

「對了，那個，把妳叫過來後又問這種問題可能很失禮……請問，紗矢小姐妳的廚藝如何……？」

「喂，小男友，放一百二十個心吧。我的廚藝可不是蓋的。」

聽我這麼問，紗矢小姐揚起一邊臉頰，露出自信滿滿的笑容。

接著，她豎起大拇指對我說：

「畢竟我把整套《妙〇老爹》都翻爛了嘛。」

「妳們幾個是不是趁我不在的時候串通好了啊！」

我用盡全力大吼出聲。

冰川老師想交個宅宅男友

不過在那之後，多虧紗矢小姐的幫忙，總算成功消化了訂單。

於是……

「……終於結束了，霧島同學。」

「……是啊，冰川老師。」

正午時分，縱然我跟冰川老師已累癱，但勉強解除了二年二班的危機。

現在的排隊人潮也沒這麼多了。

在這個狀態下，正常輪班應該也能化解。

順帶一提，危機解除後，夏希跟紗矢小姐不知為何一起離開了。難道是在短時間內變成好朋友了嗎？

所以又只剩下我跟冰川老師了。

『霧島同學，抱歉，你能不能去別班支援一下？』

東条學姊在電話中向我請求支援。

我答道：

「呃，我不是不想去啦……但沒有其他人可以幫忙了嗎？」

『對不起，現在大家幾乎都去別班支援了……不過有個人還閒著沒事就是了。』

「咦？誰啊？」

『重野學長。』

「啊——」

聽到這個名字我頓時心裡有數，不禁喊了一聲。

『我還是有拜託他啦……但他用「我很忙」這個理由拒絕了。可是他在ＩＧ上發了正在逛慶花祭的照片。』

「真是……」

我只能苦笑。可是現在可沒時間讓我苦笑了。

「我知道了。總之妳先跟我說是哪一班吧，我現在過去。」

『好。我看看……是一年四班。知道在哪裡嗎？』

「嗯，我知道，別擔心。那我先掛電話了……呃，冰川老師，事情大概是這樣。」

「沒關係，我們快過去吧，霧島同學。」

冰川老師想交個宅宅男友

掛完電話後，我跟一旁的冰川老師這麼問，她就一臉嚴肅地點頭示意。

對了，一年四班就是木乃葉他們班啊。

之前我問過木乃葉他們班要做什麼，她卻沒給我正面答覆。雖然可以動用代表的權限去查……但總覺得這麼做就輸了，我才因此作罷。

所以能像這樣去一年四班瞧瞧，我其實有點期待。

好啦，木乃葉那傢伙到底要做什麼呢？

這時，我跟冰川老師抵達了一年四班教室。

一打開教室門——

「歡迎回來，主人♡快來裡面坐坐呀喵♡」

只見木乃葉穿著女僕裝，像招財貓一樣把手彎起擺出可愛的姿勢。

這種百般討好的動作，平常的她絕對做不出來。

總之她正在全力做出這種不堪入目的動作。

「…………」

「…………」

第八章

「…………………………」

現場一陣靜默。

無比漫長的靜默。

一旁的冰川老師有些猶豫地在我耳邊低語：

「那、那個，小櫻同學是怎麼了……？」

「她會隨便做出非法入侵民宅這種事，腦袋原本就有問題了……可能終於發病了吧。」

「我都聽見了！而且我只是換上女僕裝，為什麼就要被說得那麼難聽啊！」

木乃葉直接發火大吼一聲，整張臉都氣紅了。

「怎樣啦我這樣很奇怪嗎如果是專程來笑我的話就給我滾回去！」

「呃，我沒有這個意思啦……」

咦？說到底，這傢伙怎麼會穿成這樣？他們到底在做什麼？

冰川老師似乎也有同樣的疑問，臉色因為擔心而陰沉下來。

「那、那個，小櫻同學。」

「唉，怎麼了，冰川老師？妳也對我這身打扮有什麼意見嗎？」

「不，該說是意見嗎？那個……是誰要妳穿成這樣的？要不要老師去罵罵他？」

「我、我又沒有被霸凌！」

冰川老師想交個宅宅男友

木乃葉氣得咬牙切齒，額頭上都冒出青筋了。

「這是慶花祭！是校慶耶！想也知道一定是班上的活動！你們腦子有問題啊！」

「「啊——」」

「氣死人了，那種現在才終於意識到的反應真是氣死人了！你們一定早就知道了吧！」

不，我的確是中途才意識到的，一開始真的不知情喔。可能這一幕太震撼了，我根本沒想那麼多。

「算了，你們來幹嘛？」

要是繼續擋在一年四班教室門口，就會妨礙他們做生意。

我們因此移動至附近的空教室，之後木乃葉才提出這個疑問。

這間空教室應該被隔壁班當成倉庫了吧。隨處擺放著陳列物，以及設置咖啡廳要用的小道具和服裝。

是說來到這裡之後，就能確定木乃葉班上是開女僕咖啡廳了吧。

既然木乃葉也要穿成這樣，確實能理解她不想告訴我的心情。

聽到木乃葉的疑問，我回答：

「你們班好像忙不過來了吧？所以我才來支援……」

「……啊，原來如此。這麼說來確實有點吃緊……但怎麼偏偏是你們過來啊？」

「我哪知道。」

就算她這麼說，也是因為我跟冰川老師正好有空啊，有什麼辦法。

「哪裡忙不過來？」

「外場服務生不夠多。」

我開口問道，木乃葉就直接說出原因。

「現在要忙著接待客人……外場人手不足，我也不能一直在這裡瞎耗。但我一早就拚命忙到現在，休息一下應該沒什麼關係啦。」

「外場人手不足啊。」

這確實是人潮眾多的其中一個要因。

不解決這個問題，就無法提升翻桌率。無論如何都得馬上解決才行。

可是……

「雖然問也是白問，但在外場……當然就要那樣吧？」

「對啊，就要那樣。」

雖然我沒有說得太具體，但木乃葉似乎聽懂了。

這麼一來，就只有一種解決方式。

我跟木乃葉似乎導出了相同的結論。

冰川老師想交個宅宅男友

我們從彼此的視線中明白這一點，同時往某個方向看去。

也就是——冰川老師的方向。

「咦？咦？怎、怎麼回事……？你、你們的眼神有點可怕耶……」

「哪裡可怕呀？但外場人手就是不夠嘛，所以想請冰川老師幫點小忙。」

「等、等一下，妳說外場……是要我扮女僕的意思嗎？」

「嗯，對啊。」

噠！

冰川老師轉向門口拔腿就跑！

然而，木乃葉的速度更快。她緊緊抓住冰川老師的手臂，不讓她再往前半步……雖然我也半斤八兩，畢竟冰川老師基本上算是宅居型的人，力氣自然比不過木乃葉。

木乃葉露出惡魔般的笑容歪著頭說：

「吶，冰川老師，為什麼要從我身邊逃走呢？」

「咿！我、我又不適合女僕裝這種可愛的衣服……對了，霧島同學！你怎麼從剛才就一直默不吭聲地看著啊！」

你會站在我這邊吧？對吧、對吧？——冰川老師拚命對我喊話，我卻老老實實地說出我的想法。

「對不起，冰川老師。那、那個……我很想看冰川老師穿女僕裝。」

「霧島同學！」

冰川老師明顯大受打擊。

聞言，木乃葉帶著微笑步步逼近冰川老師。

「冰川老師，這樣妳就無路可退了呢。來來來，跟我一起穿上女僕裝吧？」

「這、這……再、再說，我這種大人都已經老大不小了，穿女僕裝不會很奇怪嗎？」

「沒這回事喔。畢竟世上總有些特殊的需求。」

「小櫻同學，妳一定覺得很奇怪吧！」

「冰川老師！我想看妳穿女僕裝！」

「有特殊需求的人給我閉嘴！」

「居然被女朋友這麼說！」

但冰川老師似乎說什麼都不肯換上女僕裝。

見冰川老師搖頭拒絕，木乃葉冷漠無情地勾起一邊嘴角。

「話說，拚命抵抗也沒用喔。冰川老師，妳以為自己能反抗我嗎？我可是知道妳的重大祕密喔。」

冰川老師放棄掙扎了。

冰川老師想交個宅宅男友

於是又來到了冰川老師例行的換裝時間。

……但想當然耳，冰川老師更衣期間就剩我跟木乃葉留在原地。

我跟木乃葉已經認識很久了。

所以彼此沉默時也不覺得尷尬……本來是這樣才對。

「…………」

「…………」

這傢伙怎麼從剛才就一句話也不說？呃，雖然我也沒說話，但這種時候通常都是木乃葉率先打破沉默，所以我滿意外的。

是我之前闖了什麼禍嗎？

說到上一次見面，對了……

——我跟木乃葉童年時期的照片。

那是好久以前的照片了。我真沒想到木乃葉到現在還留著那張充滿意外性的照片，可是……她應該不是因為那張照片才躲我吧？

「幹、幹嘛？」

「呃，不，沒什麼……」

我往旁邊偷瞄，就跟木乃葉對上了視線。

可是不知為何，木乃葉將臉別向一旁……我實在摸不著頭緒。

過了一會兒，木乃葉才生氣地嘀咕：

「……想、想笑就笑吧。」

「啊？笑什麼？」

「因、因為我這身打扮很怪……雖然是班上的活動，但我知道自己做的事不堪入目。」

原來她有自覺啊。

不過，她確實有點失常。平常木乃葉老是跟我頂嘴，我再出言反擊，所以比較好處理

……但今天木乃葉的氣勢怎麼這麼弱？

儘管如此，我還是想對她說句話。

「可是我不會笑妳啊，反而覺得妳很厲害呢。」

「咦？」

「我啊，那個……就算大家跟我說班上要辦女僕咖啡廳，我也沒辦法全力以赴。該說是不屑一顧，還是不會察言觀色？關於這一點，妳雖然以前就常常跟我抱怨，但妳懂得協調，這種時候也會認真去做。」

冰川老師想交個宅宅男友

「畢竟……這是為人處世的最低底線嘛。」

……咦？難道我連最低底線都做不到嗎？

這股念頭忽然閃過我的腦海，但我暫時將這個想法趕到腦海一隅，轉換思維後繼續說：

「而且，那個……這身打扮很適合妳啊。」

「咦？」

「那個，我說不上來啦，但我想起了以前的事。我記得木乃葉小學的時候還滿常穿這種衣服……打扮得像個公主。」

雖說她現在絕對不會再穿上那種衣服了。

木乃葉在小學時期常穿一些可愛的衣服。那應該是木乃葉的母親——春香阿姨的喜好，但當時的她又很愛哭，我總覺得她像個怯懦的公主。不過她現在已經堅強許多，甚至會讓人懷疑是不是從沒掉過眼淚。當時她真的很可愛呢……

「你、你是笨蛋嗎？幹嘛把以前的事記這麼清楚。」

另一方面，木乃葉像要驅散體內熱氣般不停用手搧風，臉頰也微微染上紅暈。

「居然把連我都不記得的往事拿出來講，真的有夠噁心。笨蛋，大笨蛋！」

「我剛剛說的那些話有必要被罵成這樣嗎！」

煩死了，我完全不知道木乃葉在想什麼！

我跟她已經認識很久，交情甚至將近十年，但我還是摸不清她的思緒。

「不過，就算拓也哥這麼噁心……我還是破例把這個給你吧。」

木乃葉忸忸怩怩地遞了一張紙給我。

「那個，畢竟你算是幫了我的忙……而且拓也哥這種人應該會很喜歡吧？」

我看了看那張紙，紙上用POP字體寫著「女僕合影券」，後面還寫了「獻給消費兩千圓以上的貴賓，您可用此券和喜歡的女僕合影」這行字。喂，這一班是想從客人身上搶多少錢啊？高中生不能在慶花祭從事營利行為，他們有搞清楚這個規則嗎？

但免費收下這張合影券讓我覺得有些不安。

「呃，真的可以嗎？我既沒花兩千圓，又不是有求於妳，卻收下這種券……」

「女僕可以特別送出一張券。這是班上那些女生的策略，因為想跟心儀的男孩子一起合照。」

還真會算啊。

不過其實在慶花祭期間，這也算是容許範圍內吧。無論男女都會嘗試平常不會做的大膽行為，在祭典的氣氛催化下勢必會有這種效果。

以這層意義來說，或許木乃葉也是如此。

「所、所以，這張就給拓也哥吧。而且，要是其他男生想從我這裡拿到這張券，繞一大圈接近我……那個，感覺也很麻煩。」

「那我就收下了……妳真的沒關係嗎？」

木乃葉把這張合影券給了我。

我開口詢問她的意願後，木乃葉就偷偷瞄我一眼，並用手梳整頭髮。

「沒、沒差，我……那個，其實我不太喜歡，但已經做好心理準備了。畢竟在值班時間內這就是我的工作，所以也沒辦法……呃，拓也哥可以指名你覺得可愛的女僕合照啊。」

既然木乃葉這麼說，我就必須使用這張合影券了。

我拿起桌上的筆在合影券的指名欄寫下姓名。木乃葉變得心神不寧，還拿出手機確認自己的儀容。我用眼角餘光看著她，並把名字寫完了。畢竟認識這麼久了，不可能把名字寫錯。

「喏，木乃葉，麻煩妳了。」

「好、好的。」

我把合影券遞給木乃葉。

木乃葉滿臉通紅地將視線移向合影券，我也跟著低頭看了過去。

只見合影券上寫著：

希望合影女僕：冰川真白老師。

「啊？」

木乃葉口中發出了凶神惡煞般的嘶啞聲。

但我根本沒放在心上。

我的情緒來到了史無前例的最高點。

「哎呀，真的太感謝妳了，木乃葉！偷偷跟妳說，我一直很想把冰川老師的女僕裝拍下來～冰川老師穿女僕裝一定超可愛吧？但她平常一定不肯讓我拍，我才打消念頭……沒想到居然有這麼合我心意的合影券！妳說得對，在值班時間內這就算是工作，即使是冰川老師也無法拒絕！真的很謝謝妳，木乃葉！妳應該也想把這張券送給某個人，卻免費送給我這個童年玩伴——喂，等一下！妳怎麼把券撕碎了！啊啊啊啊！啊啊啊啊啊啊啊啊啊啊！」

「少囉嗦，你這大白痴～～～～～！」

不知為何，木乃葉聲嘶力竭地大吼，把我這張夢幻合影券撕得面目全非。

冰川老師似乎換好衣服了，接下來就要展示她的女僕裝。

冰川老師想交個宅宅男友

而我至今還無法揮別「女僕合影券」消失無蹤的震撼。唉，明明是這麼棒的一張券……

隨後，冰川老師從教室角落的更衣區走出來——

「那、那個……好、好看嗎？」

穿著女僕裝的冰川老師膽顫心驚地揚起視線看著我。

她摘下教師模式象徵的那副眼鏡，跟平常一樣將頭髮放下來。

冰川老師忸忸怩怩地將短裙往下拉，但幾乎沒什麼用。只要稍微動一下裙襬就會輕飄飄地晃動，讓那對豐滿大腿看起來無比煽情。平常被襯衫緊緊包裹的胸口也敞開在外，讓人看了欲罷不能。

唔……雖然已經有心理準備了，但這破壞力未免也太誇張了吧！

太刺激了，木乃葉那身裝扮根本無法比擬。

木乃葉似乎也有同感，臉頰都紅了起來。

「拓、拓也哥，這是不是不太妙啊？我看了都覺得臉紅心跳呢。」

「冷、冷冷冷冷靜點木乃葉。冷靜點，總之先拍張照吧。沒有『女僕合影券』了嗎？」

「就算有也不會再給你了！」

「為什麼！」

「呃，我也不會讓你拍照啦！」

冰川老師用雙手護住身體，藉此抵擋手機鏡頭。

嘖，不行啊……還以為是難得的大好機會耶。

看到我的反應，老師連耳根子都泛紅了，並用手指捲著頭髮說道：

「可、可是，看你的反應，這身打扮應該也沒這麼糟吧……這樣就好，嘿嘿嘿。」

唔……太可愛了。為什麼不能把這一幕留在照片中呢？太遺憾了。

當我內心正在淌血時，木乃葉就從文件盒內拿出一張紙。

「冰川老師，麻煩先把我們班準備的待客語錄大聲朗讀出來好嗎？」

「待客語錄？」

「沒錯。要確認冰川老師是否能好好待客，才能讓妳在店裡幫忙。來，請把這上面的內容讀出來好嗎？」

「我、我知道了。」

冰川老師點點頭。

但冰川老師的接待技巧如何呢？基本上她給我的印象是所有事（家事除外）都能得心應手，接待這方面卻毫無情報可言。也沒聽說冰川老師大學時代有在服務業打過工。

但冰川老師是一名老師。

換句話說，她很習慣開口說話，應該不會失敗到哪裡去吧。

「我要唸了。」

做出宣言後，冰川老師輕輕吸了口氣。

緊接著，她神情凜然地讀起了待客語錄。

「——歡、歡迎肥來！舉人！」

然後吃螺絲了。

這種吃螺絲的方式完全無從掩飾，還老套到不行。

「快、快來你面揍揍呀！喵、喵喵！」

不僅如此，還變得越來越慘烈。冰川老師也因為太過拚命，根本不知道自己在說什麼。

看了這一連串慘況，木乃葉用看著垃圾的眼神說：

「…………完全不行啊。妳是瞧不起女僕嗎？妳這副德性平常是怎麼當老師的？要不要考慮辭職啊？」

「我犯錯的地方妳是不是罵太誇張了啊！」

冰川老師含淚抗議，木乃葉卻不當一回事。

是說仔細想想，她還真敢用這種態度對冰川老師啊？但她對我也是這樣啦。有什麼事惹

到她了嗎？

木乃葉傻眼地說：

「只是唸個待客語錄而已，幹嘛這麼緊張？雖然我沒上過冰川老師的課……但妳平常不會這樣吧？」

「因、因為服務業跟授課完全是不同領域啊……就算只是唸出待客語錄，卻有種客人就在眼前的感覺，那個……讓、讓我很緊張！」

「……那個，冰川老師，妳應該沒吃什麼奇怪的藥吧？」

「聲音聽起來也不太對勁。」

「哪有吃什麼奇怪的藥！」

她怒吼一聲。

木乃葉輕輕嘆了口氣，瞥了我一眼。

「拓也哥，這下怎麼辦？看樣子她應該幫不上忙耶。」

「咦？會嗎？我反而覺得這樣不錯啊。」

「啊？」

我對一臉疑惑的木乃葉解釋：

「呃，因為冰川老師吃螺絲的感覺……超棒的啊，一點也不誇張。」

「哎，所以才說你的需求異於常人嘛。」

「我說的話有這麼奇怪嗎！」

她好像沒辦法理解耶！天啊，迷糊女僕屬性的冰川老師，不管怎麼想都超讚的好嗎！妳的眼睛跟耳朵是不是有毛病啊！

但我還是有幾句話想說。

「那個，借一步說話。雖然事已至此，但該怎麼說……我好像……不太想讓冰川老師穿成這樣耶……」

「啊？拓也哥，你在說什麼啊？」

「因、因為，冰川老師穿成這樣出去接待客人的話，就會有很多人看到這身女僕裝了啊。我、我心裡有點排斥……」

冰川老師現在這身打扮真的太露了。

如果是我或女孩子看到是無所謂……但我還是不想讓男學生看到她的女僕裝扮。我的占有慾有這麼強嗎？雖然忍不住這麼想，可是這就是我最真實的心情。

聽到我的告白，冰川老師忸怩地搓著雙手說：

「哦、哦～是、是這這樣啊……霧島同學不想讓其他人看到我這身打扮。是、是在吃醋吧……」

「啊，呃，對、對不起，居然在這種緊要關頭說這些話。但我真的不喜歡……」

「沒關係，那我就不穿了。那個……我也不想做讓你難受的事……呃……這種感覺還不賴。」

「咦?妳最後說了什麼?」

「沒、沒什麼。總而言之，雖然沒辦法扮成女僕在外面接待，不過應該還有其他可以幫忙的，就努力做好那些事吧?」

「是啊，沒錯。」

我跟冰川老師看著彼此微微一笑。

見狀，木乃葉咂了聲舌。

「不好意思，這場鬧劇演完了嗎?」

「別說是鬧劇啦。」

再怎麼說，這種說法也太傷人了。

「事情就是這樣，讓冰川老師穿成這樣去外場接待實在有點……抱歉，這是我們的問題，但有沒有其他事可以幫忙?」

我小心翼翼地問，木乃葉便輕輕嘆了口氣。

「……受不了，真拿拓也哥沒辦法，你實在很任性耶。」

「對、對不起，還浪費妳的時間……」

「還有其他比我這身更正常一點的服裝，要穿那套嗎？」

「有的話怎麼不一開始就拿那套出來啊（呀）！」

我跟冰川老師用盡全力大吼。

「啊——但我真的好想替冰川老師的女僕裝拍照留念喔……」

「不、不管你說多少次，我都不可能讓你拍啦。」

結束一年四班的支援後——我跟冰川老師在校舍裡走著。

在那之後，冰川老師在外場接待，而我負責收銀和趕人。看不懂「趕人」是什麼意思的人，可以想成是偶像握手會時負責將超過時限的粉絲強行驅離的職務。

現在，我跟冰川老師正往國文準備室前進。

外面的雨停了。

或許是因為這樣，原先在校舍裡的人紛紛來到室外的攤販，走廊瞬間變得安靜許多，除了我跟冰川老師以外甚至沒有半個人。也因此我們才不必再繼續支援。

「但妳怎麼會把換下來的衣服放在國文準備室？」

「因、因為不確定其他人會不會使用剛才那個空教室嘛，我能相對自由使用的也只有國文準備室……有、有什麼辦法。」

我往身旁一瞥，只見冰川老師穿著長裙款式的經典女僕裝。

雖然風格拘謹，我卻覺得這身服裝更能烘托出冰川老師的魅力。順帶一提，這就是木乃葉之後準備的服裝。

國文準備室，是包含冰川老師在內的國文老師的地盤，慶花祭期間應該更不會有人來使用。所以冰川老師才把國文準備室當成更衣室使用吧，還可以上鎖。

但冰川老師也因此無法在值班結束後立刻換裝，現在還把女僕裝穿在身上……呃，我喜歡的人還穿著女僕裝耶。

「霧島同學，你從剛才開始就一直偷瞄我，好像很想幫我拍照……你就這麼喜歡這種衣服嗎？」

「唔！」

被冰川老師那雙看透一切的雙眼一瞧，我頓時屏息。

不，可是——這怎麼能怪我呢！真的很可愛嘛！我在這世上最愛的人穿著可愛的衣服，當然會在意地看個不停嘛！

冰川老師
想交個宅宅男友

另一方面，看到我的反應後，冰川老師確定自己想的沒錯，兩頰通紅地嘀咕：

「這、這樣啊，霧島同學……你喜歡這一味啊……」

「呃，不，也不盡然啦。」

「霧島同學，之前我穿體操服的時候，你也露出那種眼神……難道你喜歡角色扮演？」

「唔！」

我下意識想否認……卻、卻無法否認。

不、不是這樣喔。我沒有特別喜歡角色扮演，只是喜歡看冰川老師角色扮演……咦？但這兩個的結果是不是一樣？

可是……

情況至此就無計可施了吧。就算現在含糊其辭地否認，冰川老師一定會繼續懷疑我。

所以我乾脆徹底豁出去。

「開、開玩笑的啦，霧島同學應該對角色扮演興趣缺缺吧。你以前說過在COMIKET也不會去角色扮演區——」

「不，這是誤會。我超愛角色扮演。」

「啊？」

「老實說，我現在也用色色的眼神在看妳。」

「用色色的眼神看我！」

冰川老師的臉頰立刻染上紅暈，還用雙手抱住身體拚命隱藏。

但我不在乎，繼續極力主張：

「雖然一點也不稀奇，但我覺得這種風格拘謹的長裙沒什麼可趁之機，包緊緊的感覺反而更性感。還能凸顯出冰川老師嚴謹的一面，簡直棒得無可挑剔。」

「嗚……嗚咦？」

「然而請別會錯意了。我雖然喜歡角色扮演，但我之所以喜歡，是因為扮演者是冰川老師。」

「你、你在說什麼啊，霧島同學？那、那種玩笑話——」

「不是玩笑話！我現在還是用飢渴的眼神看著冰川老師！」

「這不是更差勁嗎！」

不知為何，冰川老師跟我拉開距離，用警戒的眼神盯著我看。

「……霧島同學你這笨蛋。雖、雖然我很高興，但應該不能老實表現出來吧……」

冰川老師似乎低聲嘀咕了幾句……唔～是我搞錯方法了嗎？果然還是不該豁出去的。

說著說著，我們終於抵達了國文準備室。

冰川老師走進準備室後，我也沒多想，就這麼跟進去。

冰川老師想交個宅宅男友

結果冰川老師有點害羞地瞪了我一眼。

「那、那個……霧島同學，我等等要換衣服耶。」

「啊，對、對不起。」

對、對喔！她就是為了換衣服才來準備室的！

於是我趕著要離開教室。

就在此時……

「——老師！我喜歡妳！」

「「唔！」」

準備室外頭卻傳來了聲音。

我跟冰川老師渾身一震，像平常那樣反射性地鑽到窗框下方。這裡確實很適合偷偷談情說愛，沒想到居然有人會選在這裡告白，而且對象還是老師。

那兩人到底是誰呢？

我跟冰川老師幾乎同時從窗戶探頭察看。

結果嚇得說不出話。

第八章

「櫻井、老師……？」

「咦？高橋同學……？」

有個男學生站在準備室外頭，也就是校舍後方。

我沒見過他，但從冰川老師這句話得知那個人姓高橋。

站在他對面的是圖書館管理員櫻井老師。

我之前就覺得這位老師很漂亮……沒想到居然會被告白。

他們神情嚴肅地看著彼此。

慶花祭第一天，還正值祭典期間，那位男學生可能被熱情的氛圍感染了吧。

名為高橋的男學生只是一股腦地反覆說著。

感覺就像過去的某個人似的。

「去年我為在校成績苦惱的時候，是櫻井老師推薦了書給我——」

「抱歉。」

可是……

櫻井老師甚至沒讓那個男學生說到最後。

「抱歉，我不能接受你的告白。」

櫻井老師非常嚴肅。

這名女性平常還會對教師模式的冰川老師調侃幾句。

但此時此刻，她並沒有用玩笑話帶過，也沒有開口揶揄。

櫻井老師的態度顯示出明確的拒絕。

「高橋同學，你很聰明，應該不問原因也能明白吧？」

「唔！」

男學生難受地皺起臉龐。

但他沒有再說第二句話，低頭示意後，就這麼離開現場。

而我無言以對。

畢竟那有點像過去的我。不對，我也確實經歷過一次。

所以我才無法事不關己。

這時——

「……有人躲在那裡吧？出來。」

櫻井老師忽然轉向這裡——呃，被發現了嗎！我在千鈞一髮之際，反射性地成功縮起脖子，但旁邊的冰川老師徹底失敗了。或許是被剛才的告白畫面嚇到動作遲緩，冰川老師呈現一種準備半途逃跑的姿態，就這麼僵在原地。

櫻井老師輕輕嘆了一口氣。

「……搞什麼，是真白老師啊。咦？但剛才還有另一個人在吧？」

「妳、妳多心了吧。再說，大家都因為慶花祭忙得焦頭爛額呢。」

「也是……真白老師，妳是從哪裡開始偷聽的？」

「那個……應該是一開始吧。」

冰川老師老實回答，可能覺得自己無法瞞混過去。

「真白老師，妳怎麼想？」

「咦？想、想什麼？」

「跟學生交往這件事。我雖然不算老師……但也是校方的人。這種人跟學生交往的話，真白老師會怎麼想？」

「我……」

冰川老師試圖想說些什麼，嘴裡卻說不出有意義的詞彙……也、也對，畢竟冰川老師跟我正在交往。站在老師的立場，她應該堅決否定，卻辦不到。

「我覺得，就算真的交往也很難長久。」

冰川老師還面有難色時，櫻井老師低聲嘀咕。

「啊，我當然知道不能和學生交往啦。只是……要是真的在一起也很難維持下去。畢竟在我們這些大人眼中，那些孩子會老實地筆直往前走，看上去甚至有點傻，所以才耀眼奪目

冰川老師想交個宅宅男友

……高橋同學就是這樣。再過幾年，他應該會變得更優秀，但我們這些老師會一直留在學校吧？這種關係太難熬了……一定會在某一刻變調扭曲。」

「…………」

「所以，當那群孩子長大後驀然回首，想起我們這些老師時，能夠覺得『啊啊，高中時期還有這麼一位老師』就好了，這種感覺剛剛好。能在成年禮時讓他們心生懷念之情，才是最剛好的距離。雖然有點寂寞就是了……抱歉，冰川老師，我忽然說這種沒頭沒腦的話。但被這個年齡層的學生告白，無論如何就是會這麼想──」

「不，我懂妳的心情。」

冰川老師露出悲痛的神情，靜靜地對櫻井老師這麼說。

我不知道她是真的有感而發，還是在櫻井老師面前才說這種話。

但冰川老師這句話讓我覺得無比沉重。

因為就某種意義上來說，這句話是在否定我們之間的關係。

那──我到底該怎麼做才好？

不管過了多久，我都找不出解答。

◆◆◆

「不，我懂妳的心情。」

說完，我緊緊按住刺痛不已的胸口。

我完全能理解櫻井老師說的這些話。

因為這就是最近讓我百般苦惱的問題。

他們這些學生未來有無限可能。

那就是可能性。他們可能會在某個領域成為特別的存在。

但我早已放開了這種可能，變成平凡的大人，失去了變成特別存在的權利。

可是霧島同學仍握有這個可能，也逐漸嶄露頭角。

所以我非常害怕。

害怕霧島同學變成「大人」。

害怕他拋下我先行離去。

而我早就知道心生畏懼的自己該怎麼做。

我絕對不能在霧島同學面前示弱。

不對，我的缺點早就被他看透，如今已經太遲——但我不是這個意思。要是我在精神上對他產生依賴，就徹底完蛋了。

一旦淪落至此，我就再也追不上霧島同學的腳步了。

所以我——

這時……

櫻井老師忽然疑惑地蹙眉，說：

「對了……真白老師，妳為什麼穿著女僕裝？」

「這、這是有萬不得已的苦衷……」

對、對喔，我還沒把衣服換回來……

◇　◇　◇

隔天。

慶花祭第二天。

昨天的豪雨就像從沒發生過般，頭頂上的天空碧藍如洗。

今天一早攤販就全力開工了，許多人在慶花高中和慶花大學來來去去。這時，我人在慶

第八章

花高中和慶花大學之間的室外主舞臺準備區。

大學生樂團正在戶外舞臺上激情演奏，音樂和歡呼聲讓耳膜震得有些刺麻。但後方準備區中也充滿了怒吼聲，絲毫不亞於外頭的演奏。

「喂！這組差不多要結束了，讓下一組準備！」

「欸，誰把用具放在舞臺側邊啊！很危險耶！」

「流程都拖到了，加快腳步！不然中午之前跑不完啊！」

……就像這樣。大學生社團和慶花祭執行委員同心協力，時不時用吵架般的聲量大吼大叫，主持著主舞臺的活動。然而所有人都希望這場慶花祭能圓滿落幕，畢竟主舞臺表演就是慶花祭的看點。主舞臺表演的成功與否，幾乎就能決定今年的慶花祭是否成功。

所以每個人都拚命地來回奔走。

就在此時。

「哎呀，大家有好好努力嗎？」

說著這種話走進戶外舞臺準備區的人正是重野學長。

在他兩側的人是夾雜了不知名男女的大學生集團。

重野學長領著這群人，頂著通紅的臉頰和輕浮的笑容走過來。

「霧島同學，怎麼樣？還順利嗎？」

「是，還算順利……但你來幹嘛？唔，一身酒臭味！你喝酒了嗎？」

「啊哈哈，現在是慶花祭，多少得喝一點嘛。喂，『你來幹嘛』這句話是不是過分了？難得我這總代表特地過來關切耶。」

重野學長故作熟稔地將手環上我的肩膀。

我下意識推開他，重野學長卻沒有被惹毛的感覺，而是一直笑個不停，不知道在開心什麼。不過，這傢伙居然是總代表喔，我還是第一次聽說。

在重野學場現身後，執行委員之間的氣氛變得有些緊繃。

畢竟他之前幾乎都沒來幫忙嘛。

我對他這種態度自然也有些怨言……但我現在比較好奇他在這個時間點來這裡做什麼。

結果我猜的沒錯，重野學長繼續頂著令人作嘔的笑容說道：

「但我過來是有點事啦。我想拜託你，能不能讓他們這支樂團臨時加入啊？雖然他們是其他大學的人，但應該能把氣氛炒得很熱喔。」

「咦？臨、臨時加入嗎……？」

看來重野學長帶來的這群人是其他大學社團的樂團。

但我根本沒聽說過這件事。

我瞄了東条學姊一眼，她就搖搖頭。想當然耳，東条學姊似乎也不知情。

「……讓他們臨時加入，就要額外撥出時間和人力。事到如今怎麼能臨時安插表演破壞預定流程？」

「稍微動用下午的休息時間不就好了嗎？人力方面不是有設置預備人員嗎？找他們來幫忙就好啦。你看，不是可以嗎？」

「可以是可以，但那是為了突發狀況才安排的對策──」

「為了應付突發狀況硬是確保人力，豈不是浪費了？你就不能再隨機應變一點嗎？像這樣凡事都按部就班的做法，在社會上是行不通的喔。」

「這……」

「好啦好啦，有突發狀況我會負責。那就拜託你嘍～」

重野學長拍拍我的肩膀，就走回那群外校社團身邊了。他們之後還大肆聊著「看吧，交給我處理就對了。」「不愧是重野。」「帥呆了！這下可以大玩特玩了！」之類的話。

「……霧島同學，怎麼辦？」

回過神來，我才發現東条學姊神情不安地站在一旁。

我猶豫了一會兒說道：

「……雖然對其他人很不好意思，但就照重野學長的話做吧。現階段確實沒什麼理由當面否決他。」

冰川老師想交個宅宅男友

「也是。而且萬一出什麼狀況，他衝著我們發火的話也很麻煩。」

我也希望不會發生這種事，但我實在猜不透重野學長的性子，要是真的出事就糟了。畢竟他也是大學生的代表。

這時——

「……慶花町好像出現了小規模的土石坍方耶。」

「啊——因為昨天那場大雨嗎？」

「唔哇——離我們很近耶。回去的時候麻煩了……」

下午的主舞臺活動進行到一半的時候，周遭便傳來諸如此類的低語。

唔哇，真的假的……我這麼心想並查了一下，確實有慶花町發生土石坍方的新聞。這一帶的地形是開挖山壁而建，發生這種事也不足為奇。

情況卻還不只如此。

受土石坍方影響，部分道路似乎禁止通行了。

而且還因此引發了相當嚴重的回堵狀況。

這樣一來……

「那個，東条學姊。」

「嗯？怎麼了？」

第八章

我對旁邊的東条學姊開口後，她就轉頭看向我。

我說出了內心的隱憂。

「目前的塞車狀況可能會引起一些問題。以防萬一，我想跟其他正在待命的學生去確認一下……妳覺得呢？」

「是啊，確認一下也好。不過……」

「不過什麼？」

「呃，其實因為剛才臨時安插表演，現在已經沒有待命人員了。」

「啊。」

糟糕，原來是這樣。那就沒辦法拜託那些待命人員了。

「好吧，我去依次問問那些手邊沒事的人好了。所以，呃……」

「我知道，我也會去問問看。」

「不好意思，麻煩妳了。」

決定了以後，我們就展開了行動。

我在事前創建的ＬＩＮＥ群組中輸入剛才和東条學姊定下的方案，拜託大家幫忙，接著再逐一跟各部確認流程是否有被塞車狀況影響……採購部分在早上就大致完成，配送方面應該不會出什麼問題。

冰川老師
想交個宅宅男友

我花了將近幾十分鐘用手機和電腦一一確認，差不多要告一段落時……

「不、不好了！」

有個女學生衝進了戶外舞臺的準備區。

我記得她是負責跟主舞臺表演壓軸——星宮志帆小姐經紀公司聯絡的一年級的清水同學。重野學長最後將這份差事交到她手上。

跟出版社大致談妥後，重野學長就把剩下的緊急聯絡工作全都交給她處理。我記得當時重野學長跟清水同學說不會有突發狀況，就把事情丟給她了。

清水同學是個皮膚白皙的女孩子，可能也是宅居派的吧。

但不知為何，這位清水同學如今竟變得臉色鐵青。

「怎麼了，清水同學？」

學生會長東条學姊用溫柔的嗓音如此詢問。

可能是從那張笑容中獲得了一點勇氣，清水同學張開了失去血色的雙唇。

隨後，她說出了令人無法置信的話語。

「其、其實……星宮志帆小姐搭乘的計程車也困在車潮中……趕不上主舞臺表演了。她、她好像想取消演出。」

第九章

「……妳冷靜點，能不能再說一次？」

戶外舞臺的準備區亂成一團。

星宮志帆小姐可能趕不過來一事使現場變得一團亂，連東条學姊都半張著嘴僵在原地。

我原本也很緊張，神奇的是，看到大家慌了手腳，我的思緒竟自然變得清晰許多。

「為什麼會變成這樣？妳能告訴我嗎？怎麼會到要求取消演出的程度？」

被困在車潮中所以會晚一點到，這還能理解，但我完全不懂對方怎麼會要求中止。

我努力用沉穩的語調問道，清水同學便動了那雙發白的嘴唇，說：

「對、對方的行程本來就很緊湊，但我們還是極力邀請……他們還說跟慶花祭營運團隊說好了，要是發生超出預期的狀況，可以優先跑下一個行程……」

我從來沒聽說過這件事，也不記得有允諾對方。

一開始跟蒼崎小姐談的時候，應該不是這樣才對啊。

既然如此，跟對方談攏的人是誰呢？答案自然呼之欲出。

在場眾人的視線，全都集中在剛才吃著熱狗走進準備區的那個男人。也就是重野學長。

「咦？你們幹嘛啊？怎、怎麼了？」

他應該也察覺到準備區的異變了吧。

重野學長難得慌張地這麼問，東条學姊便向他解釋原委。

「星宮志帆小姐搭乘的計程車被困在車潮中，可能趕不上主舞臺表演了。但對方原本就是在緊湊的行程中撥空前來，甚至還說要按照事前的約定，希望中止演出。」

「中、中止？」

「沒錯，但我們根本不知道這個事前約定。請問你有印象嗎？」

「呃，那個——什、什麼約定啊？」

重野學長明顯舉止可疑地別開視線。

那個態度就是最好的鐵證，根本如實道出了事實。

我也接在東条學姊之後提問：

「重野學長，你要是知情就告訴我們。」

「喂、喂，你們是在懷疑我嗎？我說了我不知道吧！」

「那可真是失禮了。我問問看蒼崎小姐有沒有頭緒好了。」

「等、等一下！」

我拿出手機後，重野學長便驚慌失措地開口說道：

「蒼崎小姐……那個，等一下。」

「為什麼？」

「那、那個……要問頭緒的話，我、我現在剛好回想起來了！這、這麼說來，我可能不小心答應對方了。」

重野學長此話一出，準備區頓時鴉雀無聲。

誰也沒有開口。

雖然沒說出口，也能明白大家心裡在想什麼。

「這表示你跟蒼崎小姐訂了這種契約嗎？」

「…………」

聞言，重野學長只是尷尬地別開臉，沒給出任何答覆。

那就沒辦法了。

「喂、喂，霧島！我不是說別打給蒼崎小姐嗎！」

重野學長在我面前大呼小叫，但現在時間有限。

我撥號過去後，才響一聲蒼崎小姐就接起來了。

冰川老師想交個宅宅男友

「喂，蒼崎小姐。那個——」

『——狀況我已經理解了。出了點棘手的意外呢。』

蒼崎小姐一開口就切入主題。

『但根據先前的契約，對方能依照當天情況判斷取消行程，所以可能不好處理——』

「那個，關於這件事……我完全不知情。」

『咦？』

我老實回答後，電話另一頭就傳來蒼崎小姐驚訝的聲音。

『什麼？你不知情……真的嗎？』

「對。呃，不好意思……妳可以把契約詳情告訴我嗎？」

『我想想……對方原本提出了兩個候補日，分別是昨天和今天，但今天已經先跟其他單位談好後期錄音的行程了。這工作暫時是定在慶花祭之後，我們正在苦惱要怎麼安排。但那位叫重野的學生說什麼都要排在今天……還說最壞的打算可以依照當天判斷取消行程。』

「……謝謝妳，我大概了解狀況了。」

『不，沒什麼……但你們這樣實在太可憐了，我們也會盡量想辦法處理。』

「好的，謝謝。」

跟蒼崎小姐道謝後，我就掛上電話。

「好了。」

我重新看向重野學長。

其實剛才我開了擴音模式，所有人都聽見那段對話了。

所以在場每個人都對整起事件的起因一清二楚。

「這、這不能怪我吧！我只能這麼做啊！」

感受到大家的視線後，重野學長環視周遭大聲喊道。

「慶花祭主舞臺的壓軸表演當然要放在第二天！活動過去都辦過一百次以上了，卻從來沒有放在第一天過！怎麼能在我這個時代做出這種前所未聞的事呢！我們大學的上下關係很嚴格，大家對慶花祭也很期待！要是我這麼做，你們知道我會被說成什麼樣子嗎！」

「……但我們還是可以一起決定，不是嗎？」

「那你們就會覺得我這個人沒辦法按照原定計畫的時間行事——連這點程度的交涉都做不到啊！」

東条學姊小心翼翼地插嘴，重野學長馬上就激動地大聲嚷嚷。

此舉帶來的是更加死寂的沉默。

所有人都閉口不語，卻用冰冷的視線繼續看著他。

對此，重野學長視線游移不定，彷彿想求助一般。

「而、而且，應該沒人能預料到這個狀況啊！我說的沒錯吧！首、首先，到底為什麼會塞車──」

「因為豪雨引發土石坍方吧。」

東条學姊冷靜地說道。

這一帶雖然車流量大，不過絕大多數都是狹窄道路。就算不知道是不是只有哪條路或哪個範圍無法通行，但發生這種事也不意外。

另一方面，一聽見「豪雨引發土石坍發」這句話，重野學長就像如魚得水般變得精神百倍。

「豪、豪雨引發土石坍方！那應該能預先設想吧！現在回想起來，大家下午就因為這件事議論紛紛了！當時要是有確認不就沒事了嗎！──喂，我說妳啊！怎麼沒好好確認呢！」

重野學長將矛頭指向接下他工作的清水同學。

清水同學的臉變得更蒼白了。

對此，東条學姊補充了一句：

「抱歉，重野學長，她根本沒辦法確認。」

「沒辦法確認？為什麼？難道她連這點小事都沒設想到──」

「不對。」

東条學姊緩緩搖頭，說道：

「如字面上所示，清水同學就是沒辦法確認。為什麼呢？因為清水同學要負責為重野學長臨時安插的樂團做準備啊——對吧，清水同學？」

聽到東条學姊的問話，清水同學渾身顫抖地點頭。

沒錯，那個時間點清水同學原本是待命狀態，卻被派去處理這件事了。

當時要是沒有臨時安插節目，或許就有辦法解決。

至此，重野學長似乎終於明白引發現狀的罪魁禍首到底是誰了。他當場癱坐在地。

隨後，他忽然放聲大笑起來。

「哈、哈哈、玩完了！慶花祭的主舞臺壓軸變成一場空，真是前所未聞的壯舉啊！這責任要算在誰頭上！」

「……重野學長，你剛才不是說會負責到底嗎？」

我記得他的確說過這種話。

「哈哈，說什麼傻話！那只是我不小心說溜嘴而已！我哪有這個能耐啊！這個責任要算在誰——」

話還沒說完……

重野學長說到一半忽然僵住身子，接著露出一抹令人作嘔的笑容。

冰川老師想交個宅宅男友

「冰川老師。」

「啊？」

沒頭沒尾地說什麼啊？

我們啞口無言，重野學長像是找到什麼寶物似的，兩眼炯炯有神地說：

「我說的沒錯吧？在這種狀況下，只有冰川老師能負責啊！是她監督不周！那個女人就是為了搞砸慶花祭才會加入執行委員會！」

「唔！」

「啊！我本來就看那個女人很不爽了！打從一開始就對我要做的事指手畫腳！只是個老師而已，少給我多管閒事！但要是能把責任推到那個女人身上，那就好玩了！哈、哈哈，沒錯！我從一開始就打算這麼做！」

應該是喝了酒的緣故吧。

重野學長——不，這傢伙滿臉通紅，高聲大喊著前後矛盾的說詞。

「喂，你們不知道吧！不對，現在的高三生應該知道那女人之前做了什麼好事！這在大學可是出了名的事件，不論是好是壞，那女人都算是赫赫有名呢！我就告訴你們吧，那女人現在已經收到黃牌警告了！因為她把家長會長的女兒的人生搞得亂七八糟！這時候如果再出問題，她會有什麼下場呢？搞不好會被解僱喔——」

「———」

在那之後，這傢伙還是一直大聲嚷嚷，但我完全聽不進去。

雖然他不停說著我沒聽說過的冰川老師的事蹟，不過這不重要。

不管我被如何嘲笑，或是被人搶功勞，我其實一點也不在乎。

畢竟那本來就不是我的勝利條件。

「但唯獨冰川老師」——

「唯獨這個可能傷及冰川老師的混帳之外」——

「……霧島？你的表情怎麼這麼恐怖？喂，別這樣啦。」

回過神來，才發現夏希站在我身邊。

為了解決這場意外，她才以慶花祭執行委員的身分過來的吧。

不僅如此，不知不覺間，夏希輕輕地按住了我緊緊握住的拳頭。

我嚇得抬起頭來，發現包含重野學長在內的所有人都在看我。

他們的視線中隱含了最近不常見的恐懼。特別是那個傢伙，可能是因為我的怒火全都壓在他身上，讓他嚇得牙齒打顫。

我大概猜到自己做了什麼好事了。

就算後悔也來不及了。

但我現在沒時間懺悔。

「……抱歉，夏希，謝謝妳。」

語畢，我努力想釐清現狀。

我的怒氣已消，思緒也清晰許多，也能清楚看見癥結點。

那我能做的只有一件事。

「抱歉，我出去一下。」

「等、等一下，霧島同學，你要去哪啊！」

我對慌忙叫住我的東条學姊說：

「我得想辦法解決這件事！所以請大家按照原定計畫行動！另外，可以的話，請表演者盡可能多爭取一點時間！」

只要爭取時間就好。

說完這句話後，我就衝出準備區。

我還不知道自己該怎麼做。

但我還是奮力往前邁進。

因為我能做的就只有這些了。

◆ ◆ ◆

「……是嗎？發生了這種事啊。」

「是、是啊，沒錯。該、該怎麼處理呢，冰川老師？」

慶花高中的校舍內。

那些慶花祭執行委員學生匆匆忙忙趕來。聽完他們的說明後，我開始動腦思考。

目前是預想範圍內最糟糕的情況。

我的腦袋可能跟這群學生一樣混亂，但我讓自己深深吐氣，將所有雜念暫時趕出腦海以後，隨即下達指示。

「總之先轉達對方，請他們盡可能趕來學校。同時也一併告知對方，若判斷會耽誤到下一個行程，不來慶花祭當然也沒關係。既然已經說好了，對方當然沒有錯。」

「這、這樣沒問題嗎……？」

「我不知道，只是得想想辦法。還有，請在主舞臺表演的人稍微爭取一點時間，你們也冷靜下來，按照原定計畫行事。」

「好、好的，我知道了！」

聽到我的指示後，在場的慶花祭執行委員彷彿都重新振作了起來。

慌張焦慮的時候，只要對他們逐一提示可行的動作即可。這樣應該多少能讓他們的腦袋和身體動起來。

可是——這樣只是把問題往後推而已。

到頭來根本什麼也沒解決。

「………」

怎麼辦，怎麼辦，怎麼辦。這三個字在腦海中揮之不去，而我下意識用眼神找起霧島同學的身影——但我靠理智打消了這股念頭。

霧島同學不在這裡。

他應該在準備區下達指示吧。雖然不知道他能下達多明確的指示，但他應該能想點辦法處裡眼下的狀況。

可是，我是因為其他原因才會放棄尋找霧島同學的身影。

現在我陷入連我自己都不敢置信的恐慌當中。要是在這種狀況下遇見霧島同學，我會變成什麼樣子，自然不難想像。

我一定會在他面前表現出脆弱的一面。

一定會表現出難看又不堪的一面。

不是先前讓他看見的「冰川真白」的弱點。

而是「冰川老師」這個老師的弱點。

過去在我的內心深處，總是把霧島同學當成小孩看待。

因為我是老師——因為我是大人，所以覺得自己該好好振作。

比如霧島同學上個月累倒的時候就是如此。

但要是暴露出老師的弱點，或是大人的弱點，我就會忍不住依賴霧島同學。雖然不知道能在霧島同學身上找到什麼，但我在精神層面就會完全依附於他。這跟被他追上、立場變得對等是一樣的道理。而他總有一天會趕過我，將我留在原地。即使沒有任何根據，但直覺就是這麼告訴我的。

所以我現在不能見霧島同學，也不能依賴他。

「……呼啊、呼啊。」

不知不覺間，我來到了教職員辦公室。

我來找有沒有能依靠的老師。

然而教職員辦公室裡空無一人。

這是當然的。慶花祭期間，每個老師一定都被派去巡邏了。

得趕快聯絡上某個人才行。意識到這一點後，雖然慢了幾拍，我還是拿出了手機，卻因為手不停發抖而摔落在地。我連忙伸手去撿，卻一直握不住手機。好不容易撿起手機後，又

冰川老師想交個宅宅男友

因為手指按錯數字無法解鎖。

冷靜點、冷靜點……我不停默唸，身體卻止不住顫抖。

這很正常。

因為我非常清楚。

我知道這攸關所有慶花祭執行委員、二年二班的同學們，還有其他眾多學生和大學生。霧島同學、東条同學，還有重野同學也是。我知道大家都沒有惡意，只是發生了一些倒楣事才會變成這樣。但如果這些孩子都收拾不了殘局——接下來就是老師的工作，是大人的工作了。

是我的工作。

所以我得想辦法解決。

對我來說只是年年舉辦的慶花祭，但對他們而言卻意義不凡。

所以我想讓主舞臺演出圓滿成功，想讓活動順利落幕，為他們留下美好回憶。但我越拚命去想，手就抖個不停，腦袋停止運轉，什麼事都辦不到——

「唔！好、好痛……」

不知不覺間，我似乎在教職員辦公室裡下意識地來回踱步。

我不小心撞到家政老師的辦公桌，堆積成山的大量作業紙掉落在地。

我急忙伸手撿拾。

這些作業的主題似乎是寫下身邊最尊敬的人。內容五花八門，有人寫祖母，有人寫父親，還有人採訪了音樂家親戚。

我在其中找到了看似霧島同學提交的作業。

文章第一行這麼寫著：

『我最尊敬的人，是班導冰川老師。』

「…………咦？」

我的手在發抖。

但跟方才發抖的感覺不太一樣。

這種感覺應該算是「無法置信」。

可是這份作業上寫的確實是我沒錯。而且後面的內容全是對我的讚揚。

——冰川老師雖然嚴厲，卻總是為我們這些學生著想。

——但最讓我開心的，是我找冰川老師商談課業煩惱時，她對我說「你一定會進步」。

——以往我很少肩負他人的期望。正因如此，能獲得老師的信任真的讓我非常開心。

冰川老師想交個宅宅男友

而這份作業的最後，還以這段文字總結。

——所以，我想成為冰川老師這樣的大人。

「……霧島同學，你真傻。」

滴答。

眼淚滴落在紙上。

這是作業，千萬不能弄濕。明知如此，眼淚還是停不下來。

為什麼？為什麼要寫很尊敬我這種人呢？

晚了好幾步，我才覺得自己看見了霧島同學最近這麼努力的理由。

如果、如果他用功讀書，努力完成執行委員的工作，全都是因為我呢？全都是因為想變成我這種大人呢？

我好怕霧島同學變成大人。

好怕他變成與眾不同的存在，丟下我先行離去。

但如果他的「目標」就是我呢？

如果霧島同學是以我為目標，才會拚命往前衝呢？

那我——

「唔！」

啪！

我用力拍打自己的臉頰。

亂糟糟的思緒稍微恢復了些。雖然還不知道什麼方法才能解決問題，但我明白自己該做什麼。

過去我曾認為老師和學生的關係就像長跑。

我們這些老師一開始會在前方引領，不久後就會被學生們追趕過去。

可是——可是，既然如此！

「唔！」

離開教職員辦公室後，我跑了起來。

我已經不再迷惘，堅信自己該往何處去。

我們這些老師總有一天會被學生追趕過去，被留在原地。

但如果不想這樣——我們也只能繼續跑下去。

只能持續改變自己。

只能繼續讓霧島同學把我視為目標。

改變是孩子的特權，但大人只要努力一點，應該也能有所改變吧。

所以，向前跑吧。

跑。

跑啊。

快跑啊！

為了不被霧島同學拋下。

為了能永遠待在他身邊。

跑著跑著，在走廊中間發現那個身影後，我停下了腳步。

就是我尋尋覓覓的那個男孩。

接著，我終於說出了過去始終開不了口的那句話。

以一名老師、一名大人的立場。

「霧島同學──我可以依賴你嗎？」

◇　◇　◇

「霧島同學──我可以依賴你嗎？」

孤軍奮戰成不了任何事。

所以當我為了尋找冰川老師四處奔走時——聽到老師對我說出這句話，我的鬥志就莫名高漲了起來。

因為我只是個孩子，所以過去冰川老師從來不曾以老師的身分依賴過我。這讓我覺得自己被當成孩子看待，心裡很不是滋味。

所以我才想變成大人。

可是如今，冰川老師在學校裡依賴我了。

以前從來沒發生過這種事。

既然如此，我的答案就只有一個。

「——當然！」

我用力點頭。

隨後，冰川老師不知為何跌坐在地。咦？什麼？怎、怎麼回事？

「妳、妳沒事吧，冰川老師！」

「嗯、嗯，我沒事。因為看到你的臉，就覺得如釋重負。」

「這、這樣啊。」

「還有……對不起。你對我的印象全毀了吧？私下是一回事，但是我對工作也這麼緊張

……」

「不，沒這回事。冰川老師，妳還是我最喜歡——最帥氣的冰川老師。」

「是、是嗎……那、那就好。」

冰川老師依然是教師模式的口吻，不過整張臉都紅了。超級可愛。

但現在可不是上演戀愛喜劇的時候。

冰川老師似乎也有同感，用力搖搖頭。

「對、對了，你已經了解整個狀況了嗎？」

「嗯，但我不知道該怎麼做才好……」

雖然被冰川老師依賴，一時之間我也說不出什麼好方法。

不，正確來說，只有一個稱不上是方法的方法。

但這個方法大有問題，也不確定可不可行。

就在此時。

跟冰川老師對上視線後，她便發現我若有所思。

「霧島同學，你有什麼好點子嗎……？」

「呃，不，這應該稱不上方法……那個，現在塞車的地方，我跟冰川老師前陣子不是有一起騎腳踏車經過嗎？」

「啊，是啊，的確有經過。」

冰川老師瞪大雙眼，彷彿現在才意識到這件事。

「當時我們騎腳踏車回學校時，意外地沒有耗費太多時間，因為路程中有很多下坡路。所以能熟悉路況行駛的話，或許就來得及。只是——」

「——時間上還是來不及，對嗎？」

沒錯，就是如此。

現在騎腳踏車過去接人，再把她帶回來。

不管再怎麼努力，還是會有點來不及。現在在主舞臺賣力表演的人多少為我們爭取了一些時間，但還是得再有一個表演才行。

但在這麼短的時間內要生出一個新表演——

「我來處理吧。」

「咦？」

「這裡就交給我。雖然不知道能不能順利完成，但我會努力幫你爭取時間。所以你快去接人吧——可以麻煩你嗎？」

「好！」

不知道能不能趕上。

可是冰川老師都這樣拜託我了，我當然不能拒絕。

「冰川老師！我這就過去！」

「好！在你趕回來之前，我會盡量爭取時間！」

「「——既然如此，那邊就交給你了！」」

於是——

我跟冰川老師的嘴角湛出笑意，並同時轉身。

我們再也沒回頭，而是為了往前衝而邁開腳步。

身後已經感受不到冰川老師的氣息了。

這股信賴感讓我高興得無以復加。

◆　◆　◆

「說是這麼說，但、但要怎麼爭取時間啊……」

我說這句話時根本沒有經過大腦。

往戶外舞臺奔跑的路上，我才努力思考，然而距離只是越來越近，我卻毫無頭緒。

就算要新增演出項目，可是有人能臨時拿出表演嗎？

在某種程度上，他們已經爭取了不少時間，但再繼續下去，應該還是略有不足。

手牌已經全打出去，束手無策了。

但我已經在霧島同學面前誇下海口了。

那我也只能想辦法解決。

所以我或許可以站上舞臺做點什麼……不行，我又沒什麼才藝。啊，既然會發生這種事，要是我以前有學點才藝或舞蹈就好了——

「……啊。」

不對，有，還是有。這是我唯一的才藝。

老實說，這會讓我羞得無地自容。

但除此之外別無他法了。

「啊，冰、冰川老師！其、其實現在的狀況不太妙……」

「我知道，我已經了解狀況了。」

我一走進戶外舞臺的準備區，東条同學就迎上前來。

東条同學的臉色比剛才出去的時候還要慘白。

其他學生也一樣。準備區的所有人都用惶恐的眼神看著我。

我則用安撫的嗓音說：

「各位同學冷靜，這件事一定能順利解決，只是我們還得再爭取一點時間。」

「爭、爭取時間……到底該怎麼做？我們已經將演出時間延長了，也沒辦法再追加表演項目——」

「我會想辦法，你們就按原定計畫行事。」

說了這句跟霧島同學完全相同的臺詞後，我就走向戶外舞臺。

途中，我摘下眼鏡，拆開綁住頭髮的飾品。

擦肩而過的學生們都驚訝地瞪大雙眼，這也難怪。

畢竟我幾乎沒有在校內表現出這種樣子。

但這也沒辦法。

待會兒我不能再扮演冰川老師了。

「那、那個，冰川老師。」

「嗯，怎麼了？」

我對急忙追過來的東条同學溫柔地笑了笑，她便馬上愣在原地……我的行為有這麼奇怪嗎？

冰川老師
想交個宅宅男友

但她來得正好。我開口向東条同學請求道：

「東条同學，能幫我放這首歌嗎？」

「好、好的，沒問題……」

「那就拜託妳了。」

笑著說完這句話後，我就站上戶外舞臺，彷彿跟上一組表演者交棒那般。

很多認識我的學生們看到我這副模樣，應該都會跟東条同學一樣愣住吧。但若認識冰川老師這位老師，這也是很正常的反應。

不過就如我剛才所說，唯獨此刻我不能再以「冰川老師」示人。

所以我摘下面具。

在學校裡總會戴上的面具。

於是，我回歸本性。

也就是霧島同學的女朋友——普通宅女冰川真白。

「————」

在眾人的注視下，回歸本性的我不禁雙腳顫抖。

但那個音樂從頭頂上傳來時，我的身體就自然而然動了起來。

畢竟這是我的青春。

是冰川真白最喜歡、聽過無數次的輕小說動畫片尾曲。

下一秒。

我隨著上頭傳來的音樂聲，用盡全力跳起舞來。

◇ ◇ ◇

狂奔、猛衝、疾速奔馳。

我完全不顧形象，騎著跟夏希借的腳踏車在坡道上狂奔。

冰川老師會想辦法幫我爭取時間，那我就只能相信她，繼續奮力奔馳。

我使出吃奶的力氣拚命踩踏板，每踩一次就不斷湧出力量，持續往前衝。

之後我又踩了多久呢？

前方終於出現大量回堵的車潮。許多車輛都只能停在原地，甚至無法轉向行駛。

其中有一輛計程車。

我順著騎下斜坡的衝勁，幾乎是用滑行的方式停在計程車旁，並對著車子大喊：

「我是慶花高中的學生！請問是星宮志帆小姐嗎！」

「……別、別在這種地方大呼小叫！你、你在做什麼！」

結果有位男性從計程車內探出頭來，感覺像是星宮志帆的經紀人。但我現在沒時間卻步了，於是再度提高音量說：

「我是慶花祭執行委員代表霧島拓也！不好意思，能馬上跟我走一趟嗎！」

「什、什麼！你、你在說什麼鬼話！我們正準備趕往下一個活動現場！無論如何都來不及了！你應該很清楚吧！」

「拜託通融一下！」

「不行就是不行！再說，那臺腳踏車是怎樣！難道你要讓我們星宮騎腳踏車自行前往，還是讓她跑過去？太離譜了！你以為我會同意嗎！」

「拜託通融一下！」

「你有在聽我說話嗎！」

但我沒有高超的交涉技巧，只能強行懇求。

不過——時間仍會在這段期間內一分一秒流逝。可惡，該怎麼辦？我沒想到這時候會被經紀人阻攔。

既然如此，可能要來硬的——正當我如此心想時。

「別這樣刁難人家嘛，宗方先生。」

忽然傳來了悅耳動聽的嗓音。

第九章

隨著這個純淨嗓音從計程車內現身的是一名美少女。

是星宮志帆。

她給我的第一印象就是「天使」。我是第一次親眼見到藝人，可是……該怎麼說，原來世上真有這種散發明星光環的人啊。而且臉好小！超可愛！可愛程度僅次於冰川老師！

「我真的可以跑過去啊。難得跟朋友一起參加活動，我還是想讓活動圓滿成功。」

「可、可是——」

「我會先跟社長報備，這樣就行了吧？」

星宮小姐吐出嬌小可愛的舌頭，眨了眨眼。她的一舉一動都美如畫，真不愧是藝人。

但聽了星宮小姐這句話，經紀人雖然面有難色，卻還是同意了。

「這位同學，可以帶我去慶花高中嗎？」

「當然！麻、麻煩您坐上腳踏車！……呃，應該沒問題吧？」

仔細想想，在現今這個世道，要是用腳踏車把超人氣配音員載著跑，是不是滿危險的？要是被上傳到社群網站，應該會立刻完蛋——

不過……

「別擔心，我會像這樣把臉遮起來。」

星宮小姐戴上墨鏡和口罩。光有這兩個配件，確實就看不出她是誰了。

冰川老師想交個宅宅男友

接著星宮小姐的眼角微微下垂，戴著口罩的她可能露出了微笑吧。

「那就拜託你了，帶我去慶花高中吧。」

「是，遵命！那我要出發了！」

星宮小姐就像過去的冰川老師那樣坐在腳踏車後座上。

見狀，我再次踩起踏板，這次非常順利地以平穩速度往前進。可能是看到這一幕吧，星宮小姐從我身後問道：

「總覺得你的動作很熟練呢。怎麼會這樣？」

「因為我有練習過！」

跟冰川老師共乘腳踏車的經驗如今派上用場了。

或許是因為這樣，我們抵達學校的時間比想像中還快——

「啊！」

一騎進學校，就能看見戶外舞臺。

冰川老師居然在戶外舞臺上賣力熱舞。

絕對零度的教室支配者，甚至被戲稱為「雪姬」的老師賣力熱舞的樣子，讓全場為之沸騰。而且那個舞蹈，就是以前在我面前跳過的那個輕小說動畫舞蹈。

星宮小姐咯咯笑著說：

冰川老師想交個宅宅男友

「這個老師好有趣喔。」

「是啊，她是最棒的老師。」

看著被歡呼聲包圍的冰川老師，我不禁這麼說道。

尾聲

校園內升起了營火。

火焰在夜空下往上竄升，許多學生和大學生圍在一旁歡聲嬉鬧，稍遠處還能看見攤販正在收拾。仔細看也能看到慶花祭執行委員的帳篷，一定有很多慶花祭執行委員學生在那裡聊天吧。

但我並沒有加入他們的行列。

「來，辛苦了，霧島同學。」

「謝謝妳，冰川老師。」

這裡是頂樓。

我從冰川老師手中接過珍珠飲料後，整個人靠在護欄上。

這好像是我們班賣剩的。同學們把飲料送給冰川老師，她再把剩下的送給我——

「……怎麼了，霧島同學？感覺心情不太好。」

「…………沒什麼。」

冰川老師想交個宅宅男友

我說謊了。

雖然這話很失禮，但到昨天為止，冰川老師根本不可能收到學生的禮物。

那為什麼今天就不一樣了呢？就是因為冰川老師在主舞臺上為了爭取時間跳的那支舞。

被戲稱為「雪姬」，讓人敬而遠之的老師。

如果這種老師為了炒熱氣氛賣力熱舞，對她抱有親近感的學生當然比過去多了不少。

最後的結果，就是被二年二班的學生接受了。

不對，不只是二年二班的學生，說是整間慶花高中引起了小規模的「冰川老師熱潮」都不為過。冰川老師轉眼間就躋身人氣教師之列。

嗯，所以冰川老師就從許多學生那邊收到了慶花祭賣剩的飲料和食物。

老實說，我現在有點不爽。

因為我是最早發現的。

原本只有我知道冰川老師是好老師，可是……這算什麼嘛。

「可是啊，星宮志帆小姐的現場配音真的太厲害了！而且新系列作感覺也很精采耶！」

冰川老師笑容滿面，雀躍地聊起配音員的見面會。

結果因為星宮小姐還得趕下一個行程，表演時間比預期還要短——但以結果來說，見面會可說是盛況空前。

總之，即使狀況連連，但只要冰川老師能展露笑容就好。

這樣就達成我的勝利條件了。

這時——

冰川老師忽然戳了我的臉頰。

「……呃，那個，怎麼了嗎？」

「沒有啊，沒事。」

說完，冰川老師卻忽然別開臉，好像有點不高興。

但她的說詞跟動作完全對不上……到底怎麼回事？

見我蹙起眉頭，冰川老師偷偷看我一眼，滿心不悅地說：

「……我只是覺得霧島同學最近好像很受女生歡迎。」

「咦？」

「像是小櫻同學、夏希同學，還有東条同學……」

「呃，不不不，妳在說什麼啊！而、而且，為什麼會把東条學姊算進來啊！」

冰川老師到底在說什麼？

但冰川老師好像在意得不得了，還鼓起臉頰。

「可是，霧島同學確實在這次的慶花祭出名了吧？好多女孩子都來跟你搭話。」

冰川老師想交個宅宅男友

「確、確實如此，但她們只是來找我談公事啊！」

而且最後跟重野學長鬧了那麼一齣，就功虧一簣了吧。

「除此之外，霧島同學也不太會拒絕強硬的要求，讓我很擔心。」

「呃，我哪裡不會拒絕啊——」

「真的嗎？」

「嗯，當然是真的。」

冰川老師用懷疑的眼神盯著我看，而我點頭回應。

見我點頭，冰川老師就用嬌滴滴的聲音低語：

「那就吻我。」

「咦？」

「我、我叫你吻我啊。」

「——不、不然，我怎麼能……相信你啊？」

冰川老師的臉都紅了，即使在夜空下也清晰可辨。

不過剛才，呃……冰川老師說什麼？要是我沒聽錯，是、是要我吻她嗎——

我才這麼想，冰川老師就急忙揮手。

「還、還是當我沒說吧！忘、忘了剛才那句話！」

「咦？」

「因、因為網站上說這招有用啊，可、可以讓男朋友對我神魂顛倒。只、只是這樣太丟臉了，嗚嗚～～」

原、原來是這麼一回事啊。

看來剛才的舉動是從網站上學來的小撇步。

雖然不太像冰川老師會做的事，但我猜得應該沒錯。

冰川老師還是連耳際都一片紅，怯生生地說：

「對、對不起，忽然說這種奇怪的話。所以，那個……你忘掉的話我會比較開——」

然而冰川老師卻沒有繼續說下去。

不對，正確來說是沒辦法再開口了。

「…………」

「…………咦？」

輕輕地。

我的臉離開了她的雙唇。

冰川老師的臉比剛才更紅了，想必我也一樣。心臟發出劇烈的怦怦聲，臉頰上的熱度也非比尋常。

「那個……這樣，妳能相信我了吧？」

好像在哪裡聽說過初吻是檸檬的味道，但根本沒這回事。除此之外，我還不小心撞到她的牙齒，吻技爛得可以。

不過我的心情應該傳遞給她了。

即使如此，還是讓人羞得想挖洞鑽進去。

我應該暫時無法面對冰川老師了。

而且她之前說過不能接吻，我卻明知故犯，說不定會惹她生氣——

然而……

冰川老師卻輕輕揪住我的衣袖。

「嗯，我相信你。」

「可、可是，那個……感覺不太夠，可以再來一次嗎？」

啊……

冰川老師說得對，我好像不太會拒絕強硬的要求。

因為我沒辦法拒絕冰川老師的要求。

這次冰川老師閉上雙眼，將唇貼近我。

為了迎接她的雙唇，我也闔上了眼。

盛夏時節。

升空的煙火將夜空點綴得五彩斑斕。

我跟冰川老師在頂樓親吻了第二次。

這一刻，應該會烙印在我心中一輩子吧。

尾聲2

我覺得，人類就算努力也無濟於事。

不管再怎麼努力，也總有跨不過的難關。

一言以蔽之，就是「才能」。把範圍擴大一點來談，我認為每個人都有「做得到」和「做不到」的事情。

這樣一來，對於我這種平凡人，認清自己「做不到」的事情，就是人生最重要的課題。還要把重點放在「做得到」的事情上，有效地運用時間，才是最要緊的事。

畢竟時間有限。

所以，我不會把時間用在「做不到」的事情上。

應該將時間拿來做更有益——讓自己更享受的事情。

我覺得這樣才是聰明的生活方式。

——到前陣子為止，我都是這麼想的。

冰川老師想交個宅宅男友

高中一年級的春假，我跟她相遇了。

四月時，我才發現她是老師。

在那之後，我們一同度日、發生摩擦又言歸於好。

這段期間內，我覺得自己的想法變得不太一樣了。

我現在還是不想做無謂的努力。

完全不想把時間花在做不到的事情上。

但如果是為了變成大人——為了和她平起平坐，挑戰一下做不到的事也未嘗不可。

人類就算努力也無濟於事。

不管再怎麼努力，也總有跨不過的難關。

儘管如此，我還是想繼續伸手挑戰難關。

哪怕最後挑戰失敗，只是白費力氣也無所謂。

若這樣能離她更近一些，我還是想奮力往前跑。

這就是我現在的想法。

——我的想法能有如此改變，還是要歸功於她。

尾聲 2

我——霧島拓也就讀的慶花高中，有位讓學生聞風喪膽的老師——

但這種狀況比比皆是啦。全校最嚴格的魔鬼教師。我們這些高中生總會無意間忽略的麻煩校規或規矩，他們都會扣緊這一點唸個不停，讓人十分討厭。這種老師，我認為每間學校都會有一兩位。

但這都是之前的事了。

現在略有不同。

慶花祭結束後，她在學生之間的評價有了一點點變化。

雖然很可怕……沒想到其實是滿好的老師。大概是這種轉變。

所以學生們上她的課的時候——

也比過去更能樂在其中了。

「你們今天很安靜呢。」

她一走進教室就這麼說。

隨後她走向講臺，嘴角還揚起一抹微笑。

途中——

她偷偷瞥了我一眼。雖然僅有一瞬，我們還是對上了視線。

冰川老師想交個宅宅男友

那是我們的暗號。

今天午休一樣在國文準備室見面吧──這是我們的密會之約。

用這種自然如流水的方式告訴我後，她站在講臺正中央重新面向學生們。

美麗與可愛兼備的臉蛋。

為了方便活動，將黑髮綁成一束。銳利的目光。

黑框眼鏡。

看起來是年輕老師，卻穿著黑色套裝。

兼具嚴厲與一絲不苟的氛圍。

胸前卻戴著一條銀色的墜飾。

「那就開始上課了。」

這位女老師的名字是冰川真白。

是我在這世上最喜歡也最可愛的──我的女朋友。

後記

最近我終於達成在外獨居的心願了。好久不見，我是篠宮夕。

哇，一個人住在外面真的很棒耶。

特別是不必在乎其他家人的視線這一點。

寫小說的時候，要是有人在後面走來走去就會害我分心。要是還當場看起我寫的內容，對我精神方面的打擊也很大。另外，「能無時無刻沉浸在興趣之中」也算是非常棒的優點。晚上我偶爾會想在電視的大螢幕上看電影，但家人也在的話還是會讓我卻步。能獲得這種自由的感覺真的很棒。

不過這也害我的工作遲遲沒有進展。

自由伴隨著責任——這句話雖然很常見，但我這種人會完全用利己的角度詮釋「自由」兩字，玩得不亦樂乎。可以睡到自然醒耶！可以想玩就玩耶！誰還要工作啊！就是這種感覺。啊，責編大人，我當然是說笑的，只是說得有點誇張而已，我還是有在認真工作喔。對了，怎麼覺得最近的排程變得莫名緊湊啊？感覺兩個截稿日之間的間隔比以前還要短，是我

冰川老師想交個宅宅男友

的錯覺嗎？有些事真讓人想不通耶。

而我雖然一直在讚頌一個人住的好處，但要獨力完成的事自然也增加了。說來慚愧，雖然我已經出社會了，在老家時卻總把家事丟給父母。所以趁搬出來住的機會，我終於第一次自己做家事。

不過我平常就一直在玩弄家事零分的冰川老師。

當然不能容許自己不會做家事。

於是我心中反而湧現出對家事的熱情。

如果現在證明我會做家事，往後就能肆無忌憚地玩弄冰川老師了。這次一個人搬出來住，正是表現的絕佳機會。

於是我做好萬全的準備，迎接家事挑戰。

這次挑戰的是料理。

用簡單的料理贏過冰川老師算不上勝利，所以我這次在網路上搜尋「困難　料理」後，決定來做乾燒蝦仁。

到了決戰當天。

將材料大致備齊後，我因為有點餓，決定先吃點飯，便準備製作香鬆拌飯。我心想：這麼簡單的料理應該馬上就能做好，就把前幾天事先冷凍的白飯放進微波爐解凍。

結果做出了堪比化石的白飯。

我以為這只是一場玩笑，也想相信這只是一場玩笑。

但不管我用筷子怎麼戳，這碗白飯都會把筷子彈開，我都懷疑它是不是忽然霸○覺醒了，當然不可能直接吃下肚。這次是微波爐使用失誤，而且跟乾燒蝦仁毫無關聯，還沒進入這個重頭戲就失誤了。總之我先在心中跟冰川老師道歉。抱歉，冰川老師，妳真的很努力呢……結果那天我放棄乾燒蝦仁，用冷凍食品結束這回合。真好吃啊。

算了，一個人住的話題就此打住吧。

那麼，這就是《冰川老師想交個宅宅男友　第三堂課》。各位覺得如何呢？但願你們能從中體會到一些樂趣。

這次是文化祭篇。

但因為是跟大學生合辦，規模可能會稍大一點。

我是一邊回想大學時代的文化祭（？），一邊寫出了這集的內容。

雖說是大學的文化祭，也跟高中一樣沒什麼值得一提的回憶，但我印象深刻的是，朋友跟我說「我的○○」系列餐廳也來校內擺攤了。我還記得當時的想法是：哇～在都內隨處可見，旗下有法式又有義式的系列餐廳居然也來我們大學擺攤啊～真厲害。結果朋友帶我去的那間店卻用巨大字體寫著：我的大香蕉。這樣沒問題嗎？不會被逮捕嗎？還是這是每間大學都會有的經典老哏？

不過這種多樣性也是大學的特色之一。

比高中時期更有看頭……對這種文化祭充滿驚奇的感覺，至今仍讓我印象深刻。創作這集的內容時，我忽然想起了這件事。

難得有這麼多頁能寫，就稍微提一下本篇的劇情吧。

這次是描寫老師和學生之間的鴻溝。

老師覺得跟學生有距離，學生覺得跟老師有距離……寫到這裡，忽然有種每集都在寫的感覺，但這次我試著用稍微不同的視角來書寫。

童年時期，老師是相處時間僅次於父母的大人。

可是不管是多友善的老師，還是會跟我們有距離。老師心中有個學生無法入侵的成人世界，自然會感覺到距離感，帥氣又令人崇拜的老師更是如此。不可思議的是，如今我們變成大人後，卻會對高中生心生嚮往。全心投入社團活動，述說夢想的高中男女更是出色。可以說他們耀眼奪目，應該也能用「充滿無限可能」來形容。若能把這種想法傳達出幾分，應該沒有比這更高興的事了……我抱著這種心情，試著用有點嚴肅的筆法創作。但想也知道，這個作品是由我的慾望雜念匯聚而成，旁邊寫的那些正經思想可能連1％都不到。基本上我在創作的時候，腦子裡都是冰川老師的胸部和屁股。

後記已接近尾聲，但這集其實是最後一集了。

我對這個系列充滿了不捨，有機會的話，希望能在其他地方寫完。感謝各位讀者一路陪伴到最後。

那麼，請讓我致上謝辭。

西沢5ミリ老師，這次也非常感謝您提供精美插圖。每一集的插圖都美得不像話……！我總是用萬般期待的心情觀看您的插圖。應該說，我是故意選希望老師繪製的場景才寫下這部作品的。本作能延續至此都是多虧了老師的幫忙。真的很感謝您陪我走到最後。

致責任編輯。我每天都在擔心自己會不會因為屢屢打亂進度被人從背後刺殺，真的很感謝您想盡辦法忍住殺意。我能理解，跟我這種既難搞，又老是瘋狂延期＆爆頁數的作家合作，實在太辛苦了。像您這樣的編輯世上找不到第二個了，您是最棒的……我都把您誇成這樣了，進度能不能再寬限幾天？不行嗎？好吧，我反省，真的很抱歉，我會加油。

致各位朋友，謝謝你們一直很關心我。我已經一個人搬來外面住了，拜託來我家玩吧。可以辦個馬拉松動畫鑑賞會。

最重要的是，我要向購買本作到最後一集的各位讀者致上最深的謝意。

冰川老師
想交個宅宅男友

但願本作能在各位的腦海中占有一席之地。
由衷希望與各位後會有期。

篠宮夕

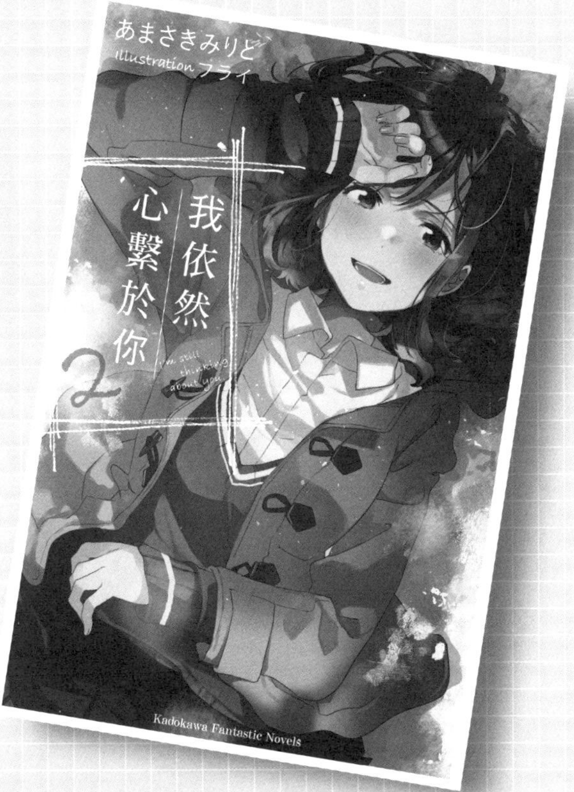

我依然心繫於你 1~2 待續

作者：あまさきみりと　插畫：フライ

遺憾而美麗，苦澀又甜蜜——
獻給大人的青春故事。

能和喜歡的人永遠在一起。從尼特族轉為獨立公司代表人的修和青梅竹馬兼戀人的歌手鞘音預計參加有這麼一個傳說的雪燈祭。負責策劃這個慶典的三雲小姐曾是相信這個傳說的其中一人……一行人演奏的音樂再次引發奇蹟，編織出各式各樣的情感——

各 **NT$200~220/HK$67~73**

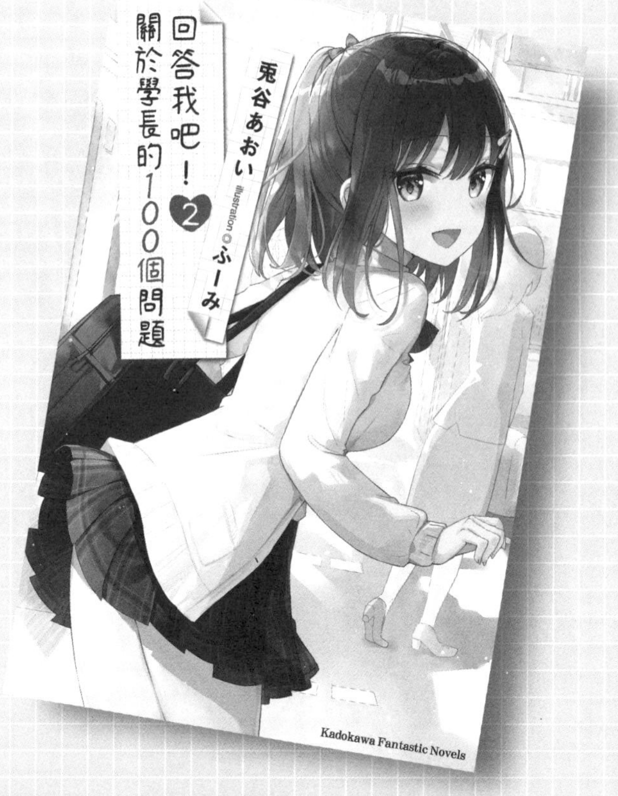

回答我吧！關於學長的100個問題 1~2 待續

Kadokawa Fantastic Novels

作者：兎谷あおい　插畫：ふーみ

透過「一日一問」，
學長與學妹越來越靠近——

除了「在同一站等車」外毫無共通點的學長和學妹，某天上學時訂下了約定，內容是「每天問對方1個問題，無論什麼問題都要誠實回答」。他們藉此逐漸了解彼此，最近甚至連對方的私事都瞭若指掌——

各 NT$200~220/HK$67~73

14歲與插畫家

A fourteen and an illustrator.

作者 むらさきゆきや

插畫・企畫 溝口ケージ

5

Kadokawa Fantastic Novels

14歲與插畫家 1~5 待續

作者：むらさきゆきや　插畫、企畫：溝口ケージ

被理想、現實還有欲望耍得團團轉！
插畫家們最真實的日常生活第五集登場！

在白砂的提議之下，悠斗等人決定前往南島度假。為期三天兩夜，享受大都市沒有的自然美景和美食。在游泳池和茄子小姐游泳、在白砂的老家享用魚料理，又在深夜和瑪莉討論工作！乃乃香則是和牛嬉戲，享受混浴露天溫泉。

各 **NT$180~200/HK$55~67**

三角的距離無限趨近零 1~4 待續

作者：岬鷺宮　插畫：Hiten

我愛上的那個女孩體內住著兩個靈魂——
與雙重人格少女譜出的三角戀愛故事。

矢野在跟春珂與秋玻接觸的過程中，戀情也在心中萌芽——又在某一天突然宣告結束。然後他變了。所以，為了找回剛認識時的「他」，我——我們展開了行動。在沒有交集的教育旅行途中，我們努力追逐矢野同學，就算我們已經不是情侶——

各 **NT$200~220/HK$67~73**

刮掉鬍子的我與撿到的女高中生 1~4 待續

作者：しめさば　插畫：足立いまる　角色原案：ぶーた

上班族 × JK，兩人的同居生活邁入倒數計時!?
日本系列銷售突破70,0000冊！

沙優的哥哥一颯突然來訪，兩人的同居生活突然面臨結束。回家期限在即，沙優緩緩道出自己的往事，關於學校，關於朋友，關於家庭。沙優為何會離家出走，而來到這麼遙遠的城市呢？這段日子跟吉田住在一起，她所獲得的又是什麼？事態急轉的第四集！

各 **NT$220~250/HK$73~83**

國家圖書館出版品預行編目資料

冰川老師想交個宅宅男友. 第三堂課/篠宮夕作；林孟潔譯. -- 初版. -- 臺北市：臺灣角川股份有限公司, 2021.08

面；　公分. -- (Kadokawa fantastic novels)

譯自：氷川先生はオタク彼氏がほしい。3時間目

ISBN 978-986-524-721-8(平裝)

861.57　　110011011

Kadokawa
Fantastic
Novels

冰川老師想交個宅宅男友 第三堂課（完）

（原著名：氷川先生はオタク彼氏がほしい。3時間目）

2021年8月25日　初版第1刷發行

作　者：篠宮夕
插　畫：西沢5ミリ
譯　者：林孟潔

發行人：岩崎剛人
總編輯：蔡佩芬
編　輯：高韻涵
美術設計：黃永漢
印　務：李明修（主任）、張加恩（主任）、張凱棋

發行所：台灣角川股份有限公司
地　址：104台北市中山區松江路223號3樓
電　話：（02）2515-3000
傳　真：（02）2515-0033
網　址：www.kadokawa.com.tw
劃撥帳戶：台灣角川股份有限公司
劃撥帳號：19487412
法律顧問：有澤法律事務所
製　版：巨茂科技印刷有限公司
ISBN：978-986-524-721-8